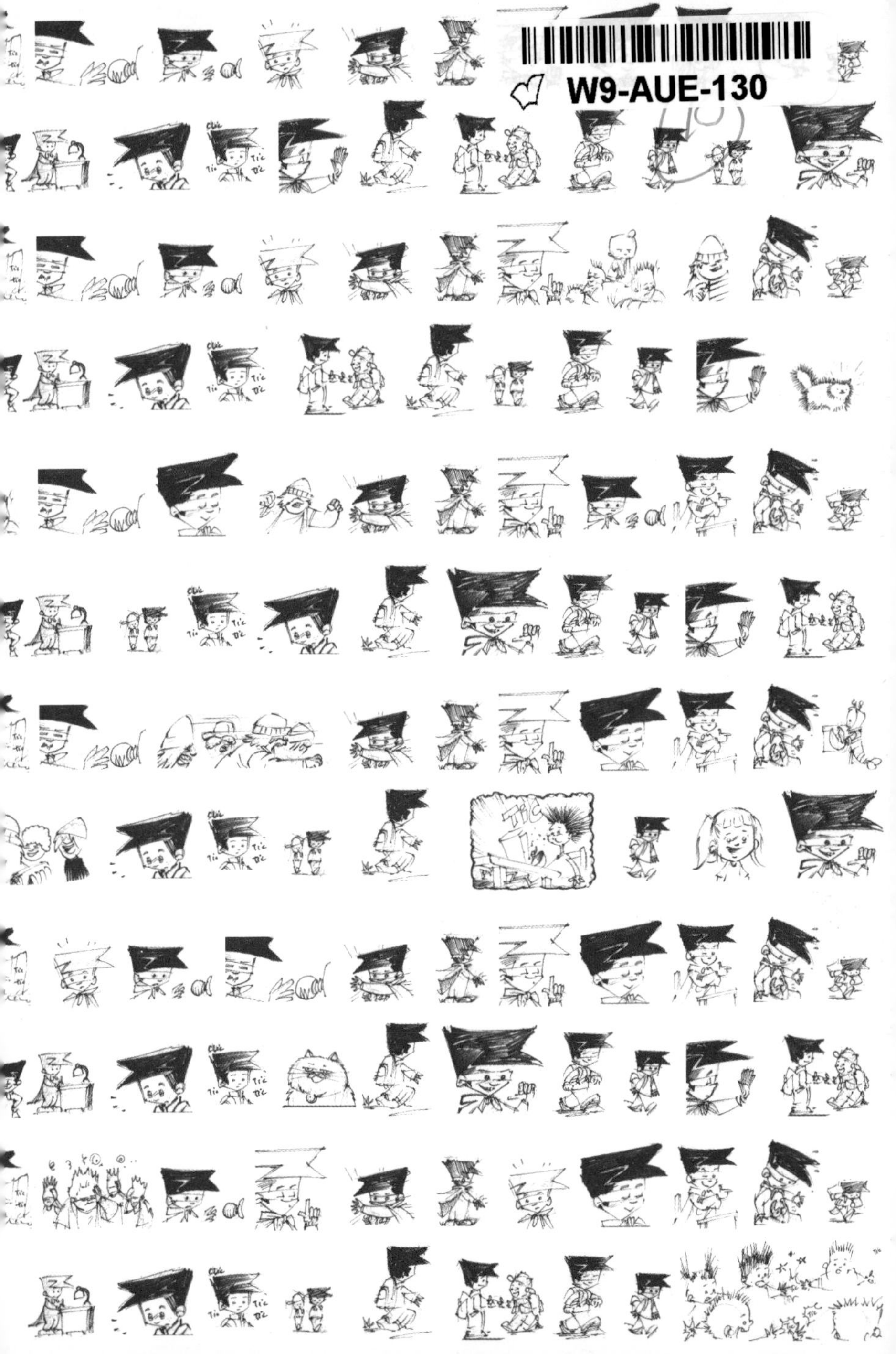

CAPITAINE STATIC

Des mêmes créateurs aux Éditions Québec Amérique

SÉRIE CAPITAINE STATIC

Capitaine Static 9 – La Maison hantée, bande dessinée, Hors collection, 2017.

Capitaine Static 8 – Le Duel des super-héros, bande dessinée, Hors collection, 2016.

Capitaine Static 7 – Les FanaTICs!, bande dessinée, Hors collection, 2015.

Capitaine Static 6 – Mystère et boule de gomme!, bande dessinée, Hors collection, 2013.

Capitaine Static 5 – La Bande des trois, bande dessinée, Hors collection, 2012.

Capitaine Static 4 – Le Maître des Zions, bande dessinée, Hors collection, 2010.
  - **Finaliste au prix Tamarack 2012**

Capitaine Static 3 – L'Étrange Miss Flissy, bande dessinée, Hors collection, 2009.
  - **Finaliste au prix Joe Shuster (Canada)**
  - **3ᵉ position au palmarès Communication-Jeunesse 2010-2011**
  - **Sélection 2011 de La revue des livres pour enfants (Bibliothèque nationale de France)**

Capitaine Static 2 – L'Imposteur, bande dessinée, Hors collection, 2008.
  - **Finaliste au prix Bédélys Jeunesse 2009**
  - **4ᵉ position au palmarès Communication-Jeunesse 2009-2010**

Capitaine Static 1, bande dessinée, Hors collection, 2007.
  - **Lauréat du prix Hackmatack, Le choix des jeunes, 2009**
  - **Prix du livre Distinction Tamarack 2009**
  - **2ᵉ position au palmarès Communication-Jeunesse 2008-2009**
  - **Finaliste au prix Bédélys Jeunesse 2008**
  - **Finaliste au prix Réal-Fillion du Festival de la bande dessinée francophone de Québec 2008**
  - **Finaliste au prix Bédéis Causa 2008**
  - **Finaliste au Prix du livre jeunesse de la Ville de Montréal 2008**

Du même auteur

Nathan, astronaute, coll. Petit Poucet, 2017.
Le géant qui sentait les petits pieds, coll. Petit Poucet, 2014.
Les Merveilleuses Jumelles W., coll. Gulliver, 2012.
Le Chat de garde, coll. Mini-Bilbo, 2010.
Récompense promise: un million de dollars, coll. Mini-Bilbo, 2008.

Des mêmes créateurs chez d'autres éditeurs

COLLECTION SAVAIS-TU ?
68 titres parmi lesquels:
Les Manchots, bande dessinée-documentaire, Éditions Michel Quintin, 2017.
Les Libellules, bande dessinée-documentaire, Éditions Michel Quintin, 2017.

SÉRIE BILLY STUART
12 titres parmi lesquels:
Billy Stuart 12 – L'Épreuve finale, bande dessinée, Éditions Michel Quintin, 2016.
Billy Stuart 11 – Les Douze Travaux, bande dessinée, Éditions Michel Quintin, 2016.

Alain M. Bergeron et Sampar

CAPITAINE STATIC

Québec Amérique

Direction artistique : Karine Raymond
Révision linguistique : Diane Martin

Québec Amérique
7240, rue Saint-Hubert
Montréal (Québec) Canada H2R 2N1
Téléphone : 514 499-3000, télécopieur : 514 499-3010

Nous reconnaissons l'aide financière du gouvernement du Canada par l'entremise du Fonds du livre du Canada pour nos activités d'édition.

Nous remercions le Conseil des arts du Canada de son soutien. L'an dernier, le Conseil a investi 157 millions de dollars pour mettre de l'art dans la vie des Canadiennes et des Canadiens de tout le pays.

Nous tenons également à remercier la SODEC pour son appui financier. Gouvernement du Québec – Programme de crédit d'impôt pour l'édition de livres – Gestion SODEC.

Canada | Conseil des arts du Canada | Canada Council for the Arts | SODEC Québec

Catalogage avant publication de Bibliothèque et Archives nationales du Québec et Bibliothèque et Archives Canada

Bergeron, Alain M.
Capitaine Static
(Album)
Pour les jeunes.
ISBN 978-2-7644-0568-0 (Version imprimée)
ISBN 978-2-7644-1383-8 (PDF)
ISBN 978-2-7644-1733-1 (ePub)
I. Sampar. II. Titre.
PS8553.E674C36 2007 jC843'.54 C2007-940455-3
PS9553.E674C36 2007

Dépôt légal, Bibliothèque et Archives nationales du Québec, 2007
Dépôt légal, Bibliothèque et Archives du Canada, 2007

Réimpression : février 2017

quebec-amerique.com

Imprimé en Chine

À Isabelle et à Anne-Marie, qui ont fait TIC !
à la lecture du Capitaine Static...

AVERTISSEMENT

Qui s'y frotte, s'y *TIC !*
Telle est la devise du Capitaine Static.

Chapitre 1

Ma mère n'arrête pas de me répéter que je me traîne les pieds…

Or, c'est précisément là le secret de mon étrange pouvoir.

Peut-être ne le savez-vous pas, mais je suis l'incroyable, le fabuleux, le magnifique et le très humble Capitaine Static. Et vous êtes en train de lire le début de mes folles aventures.

Comme je suis de l'espèce des héros, j'ai décidé de raconter, sur papier, mon histoire.

Les paroles s'envolent, les écrits restent.

Je ne suis pas né Capitaine Static. J'ai été un enfant comme les autres jusqu'à mes neuf ans. Un enfant très ordinaire… jusqu'à ce 31 octobre, jour de l'Halloween.

J'avais déjà l'étoffe d'un héros avec mon costume bleu acier en nylon, une belle cape rouge qui flottait au vent et un écusson sur ma poitrine, sur lequel ma mère avait brodé, en lettres d'or, mes initiales : C.S. pour Charles Simard.

J'ai porté mon uniforme à l'école toute la journée.

C'était du plus bel effet.

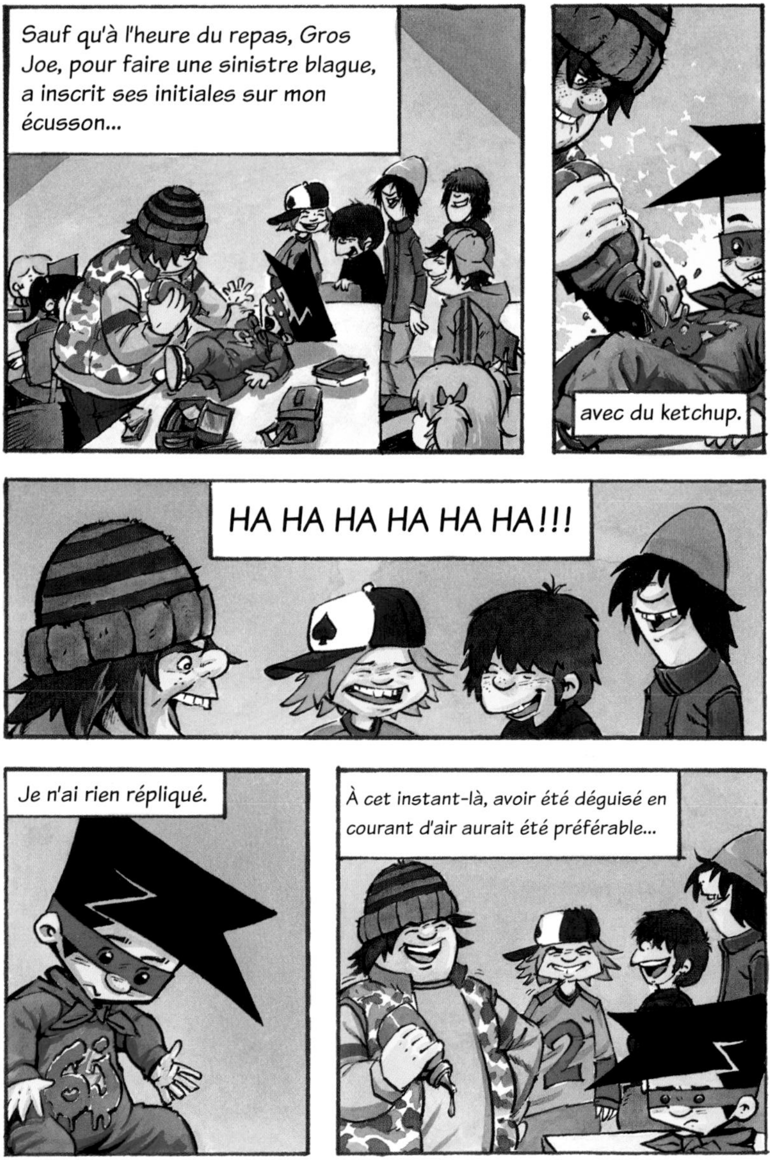
Sauf qu'à l'heure du repas, Gros Joe, pour faire une sinistre blague, a inscrit ses initiales sur mon écusson...
avec du ketchup.
HA HA HA HA HA HA!!!
Je n'ai rien répliqué.
À cet instant-là, avoir été déguisé en courant d'air aurait été préférable...

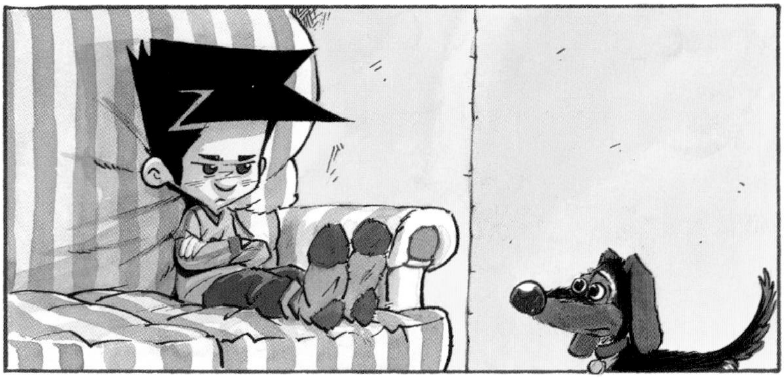

De retour à la maison, j'ai raconté ma mésaventure à ma mère. J'allais faire une croix sur mon projet de passer l'Halloween. Mais ma mère a lavé ma tenue et l'a mise dans la sécheuse. Elle avait seulement oublié l'assouplissant.

Quand, une fois dans ma chambre, j'ai enfilé mon costume, maintenant séché, j'ai entendu autour de moi des milliers de petits *TIC!* J'ai compris, alors, que je nageais dans l'électricité statique.

Ce qui n'arrangeait rien, c'est que, au même moment, je portais mes pantoufles de laine, tricotées par ma grand-mère; et le plancher était recouvert de tapis... Et comme je me traîne toujours les pieds...

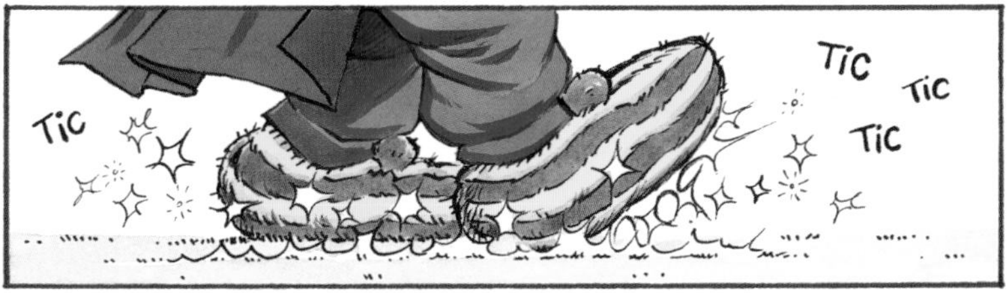
TIC
TIC
TIC
TIC

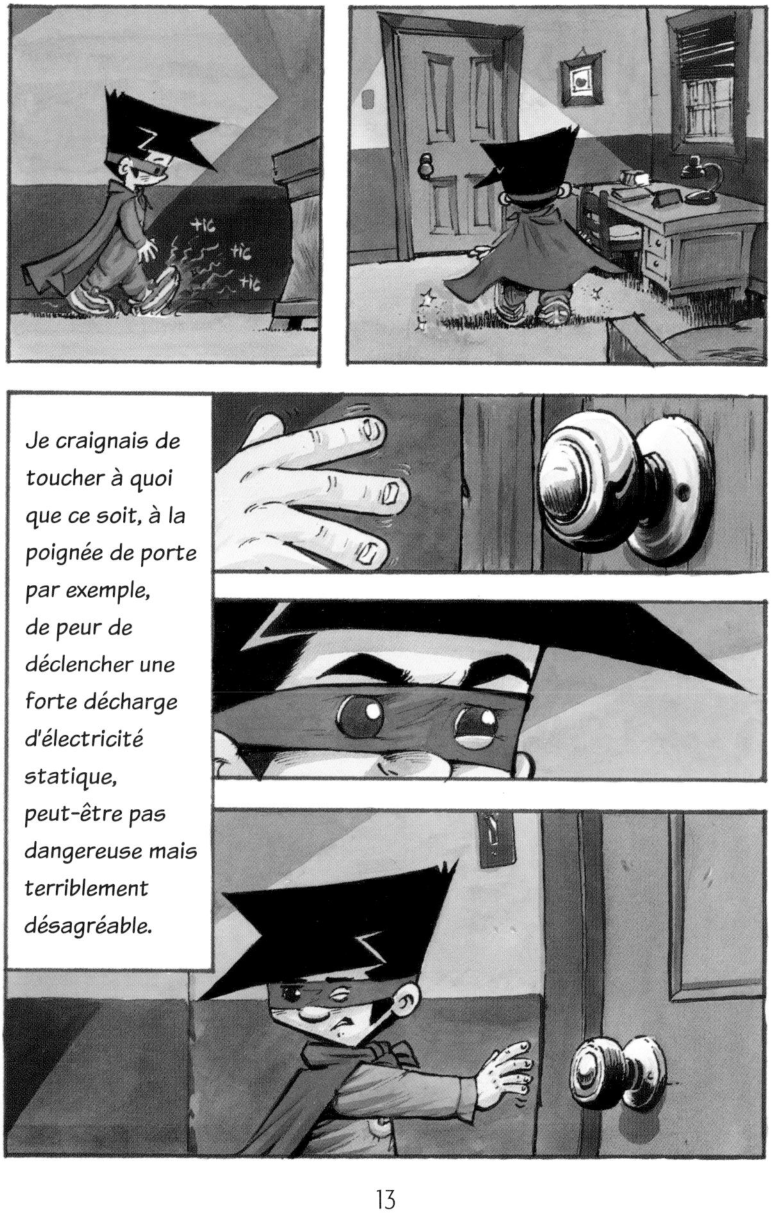
tic
tic
tic
Je craignais de toucher à quoi que ce soit, à la poignée de porte par exemple, de peur de déclencher une forte décharge d'électricité statique, peut-être pas dangereuse mais terriblement désagréable.

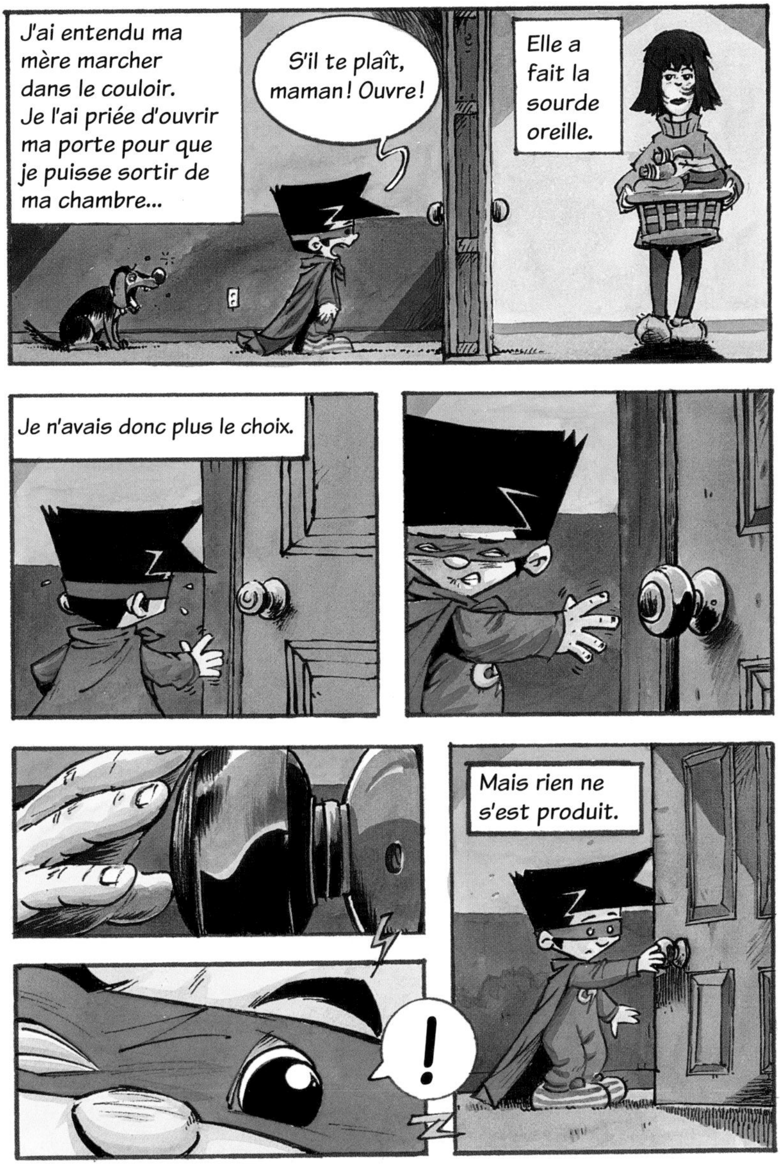
J'ai entendu ma mère marcher dans le couloir. Je l'ai priée d'ouvrir ma porte pour que je puisse sortir de ma chambre...
S'il te plaît, maman! Ouvre!
Elle a fait la sourde oreille.
Je n'avais donc plus le choix.
!
Mais rien ne s'est produit.

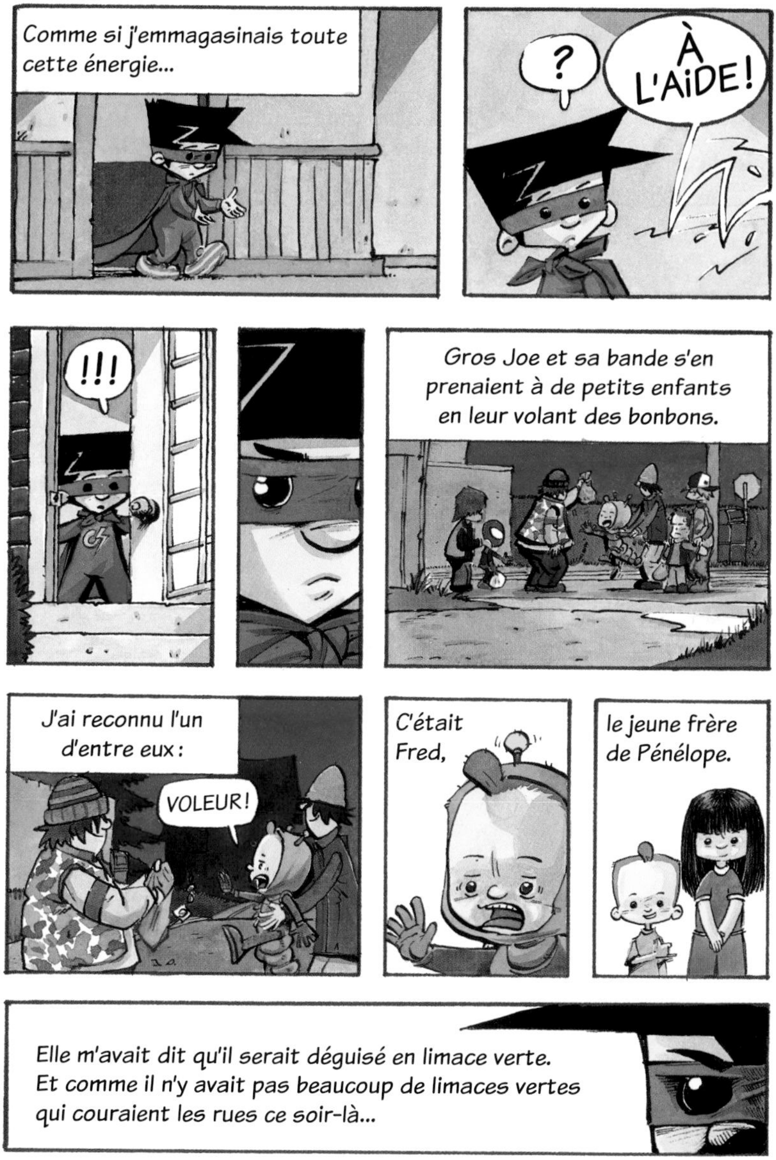
Comme si j'emmagasinais toute cette énergie...
?
À L'AiDE!
!!!
Gros Joe et sa bande s'en prenaient à de petits enfants en leur volant des bonbons.
J'ai reconnu l'un d'entre eux :
VOLEUR!
C'était Fred,
le jeune frère de Pénélope.
Elle m'avait dit qu'il serait déguisé en limace verte.
Et comme il n'y avait pas beaucoup de limaces vertes
qui couraient les rues ce soir-là...

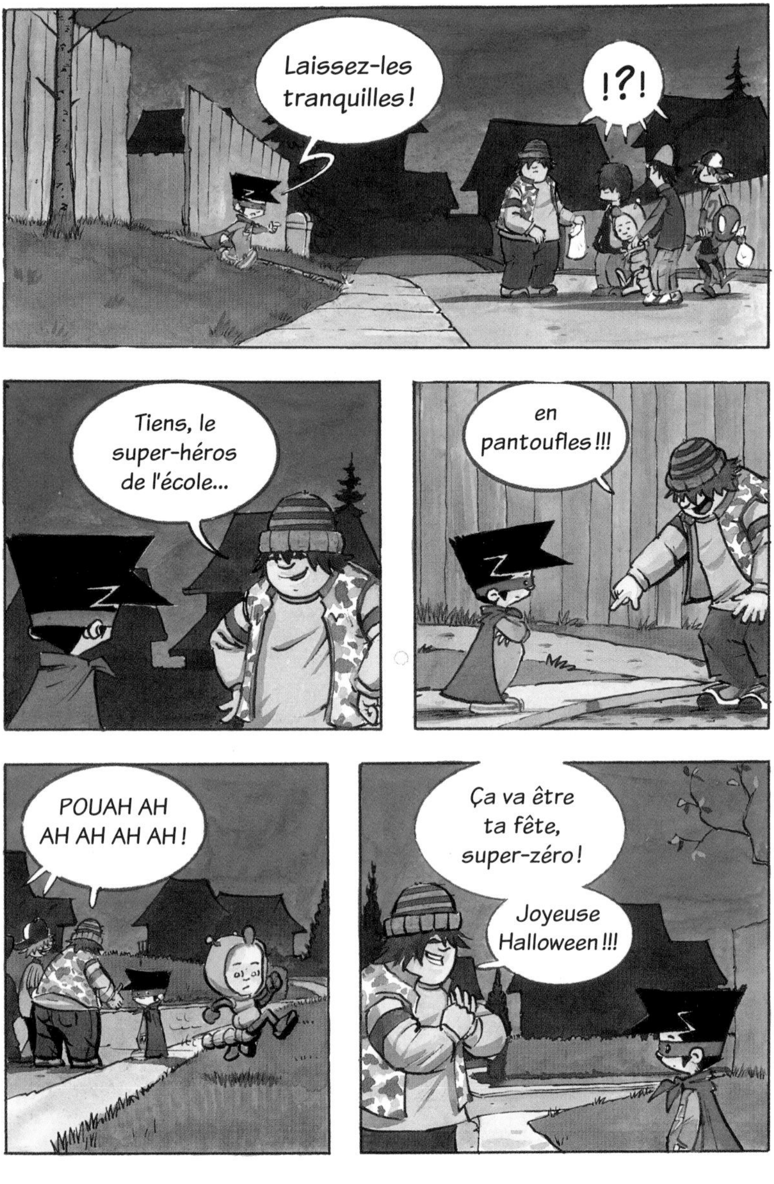
Laissez-les tranquilles !
!?!
Tiens, le super-héros de l'école...
en pantoufles !!!
POUAH AH AH AH AH AH !
Ça va être ta fête, super-zéro !
Joyeuse Halloween !!!

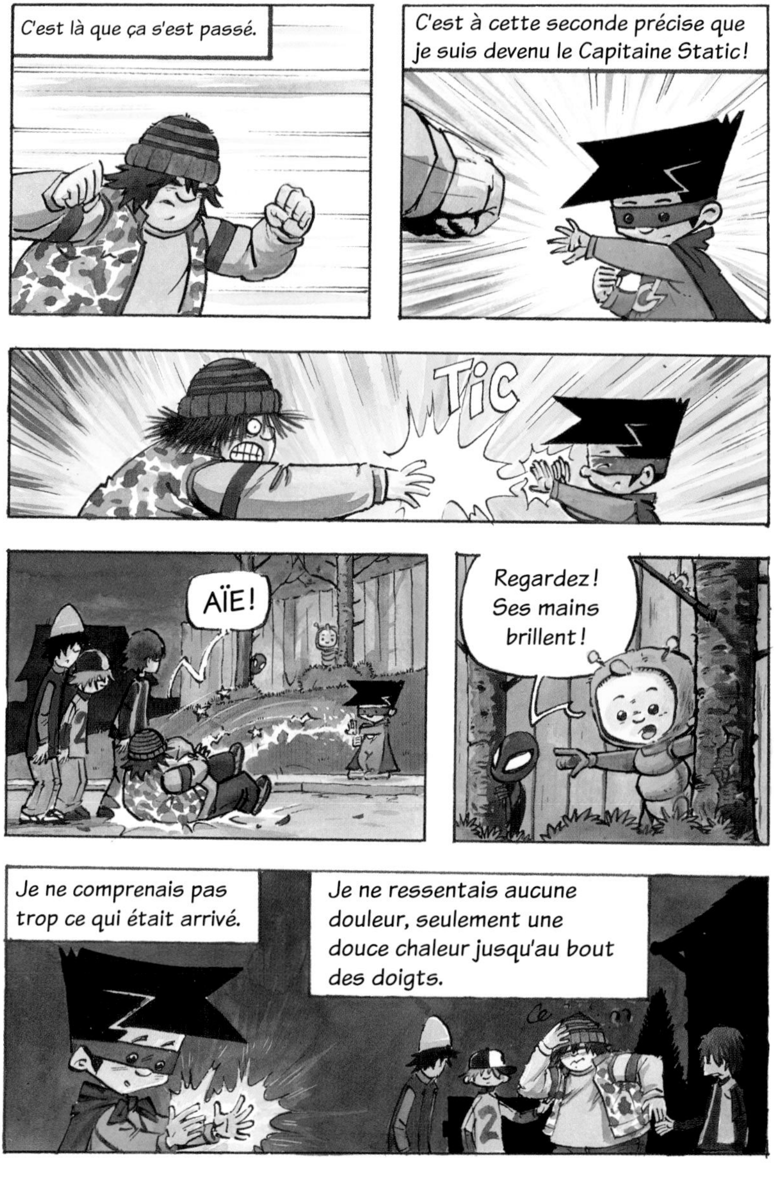
C'est là que ça s'est passé.
C'est à cette seconde précise que je suis devenu le Capitaine Static!
TIC
AÏE!
Regardez! Ses mains brillent!
Je ne comprenais pas trop ce qui était arrivé.
Je ne ressentais aucune douleur, seulement une douce chaleur jusqu'au bout des doigts.

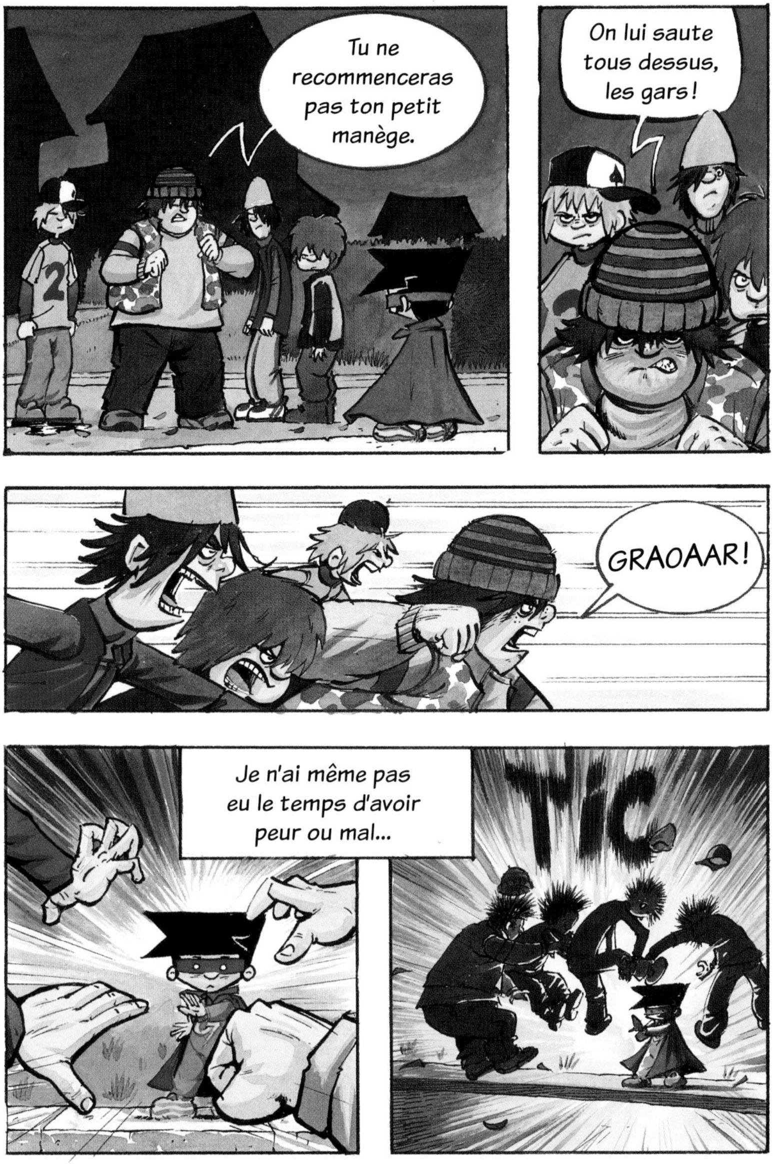
Tu ne recommenceras pas ton petit manège.
On lui saute tous dessus, les gars !
GRAOAAR!
Je n'ai même pas eu le temps d'avoir peur ou mal...
TIC

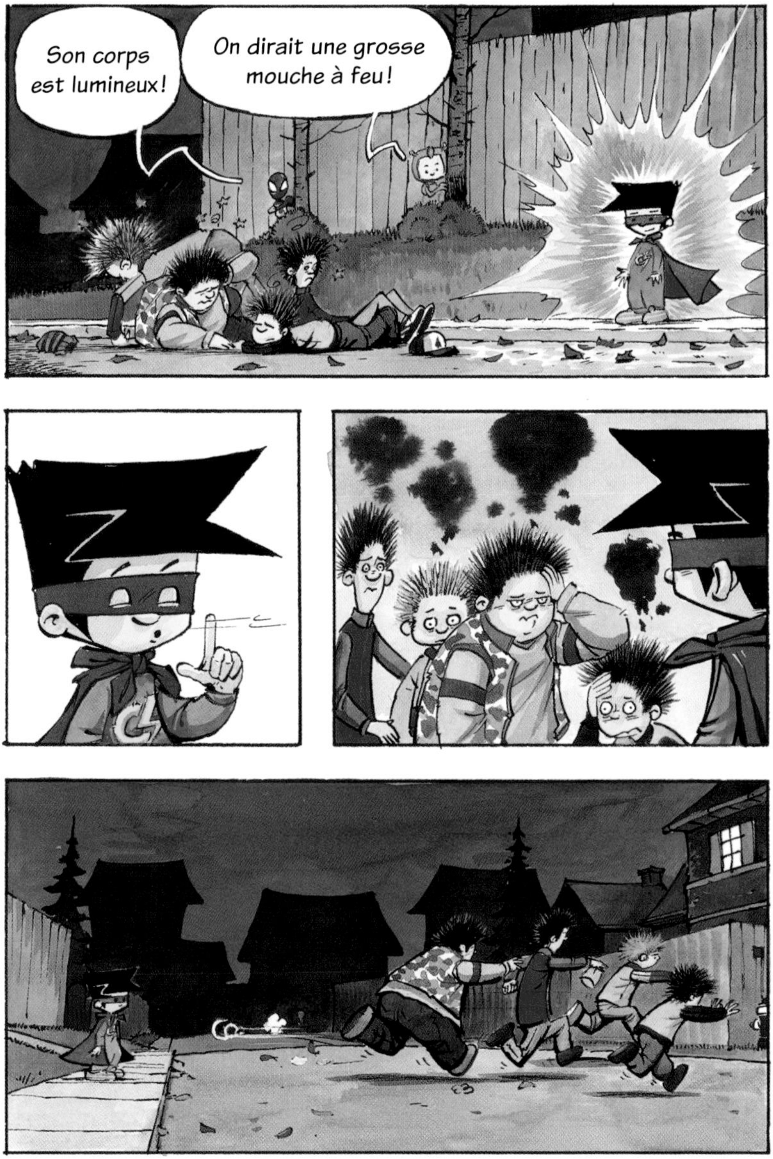
Son corps est lumineux!
On dirait une grosse mouche à feu!

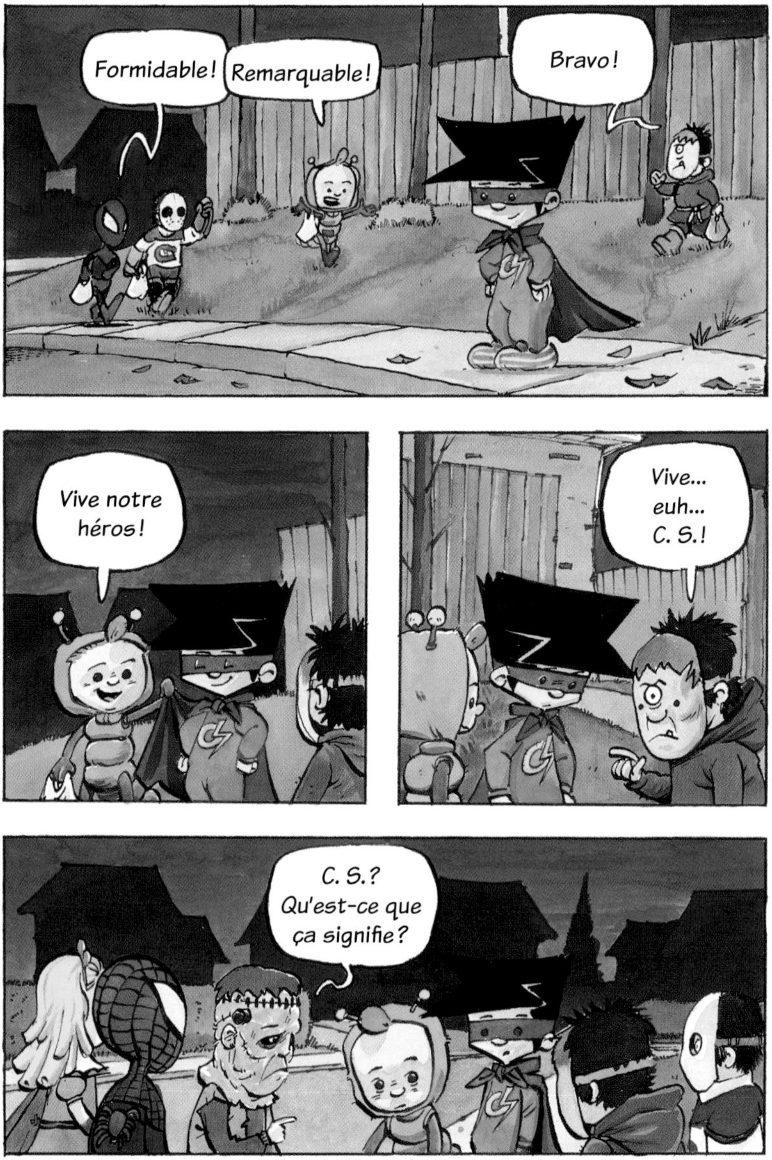
Formidable!
Remarquable!
Bravo!
Vive notre héros!
Vive... euh... C. S.!
C. S.? Qu'est-ce que ça signifie?

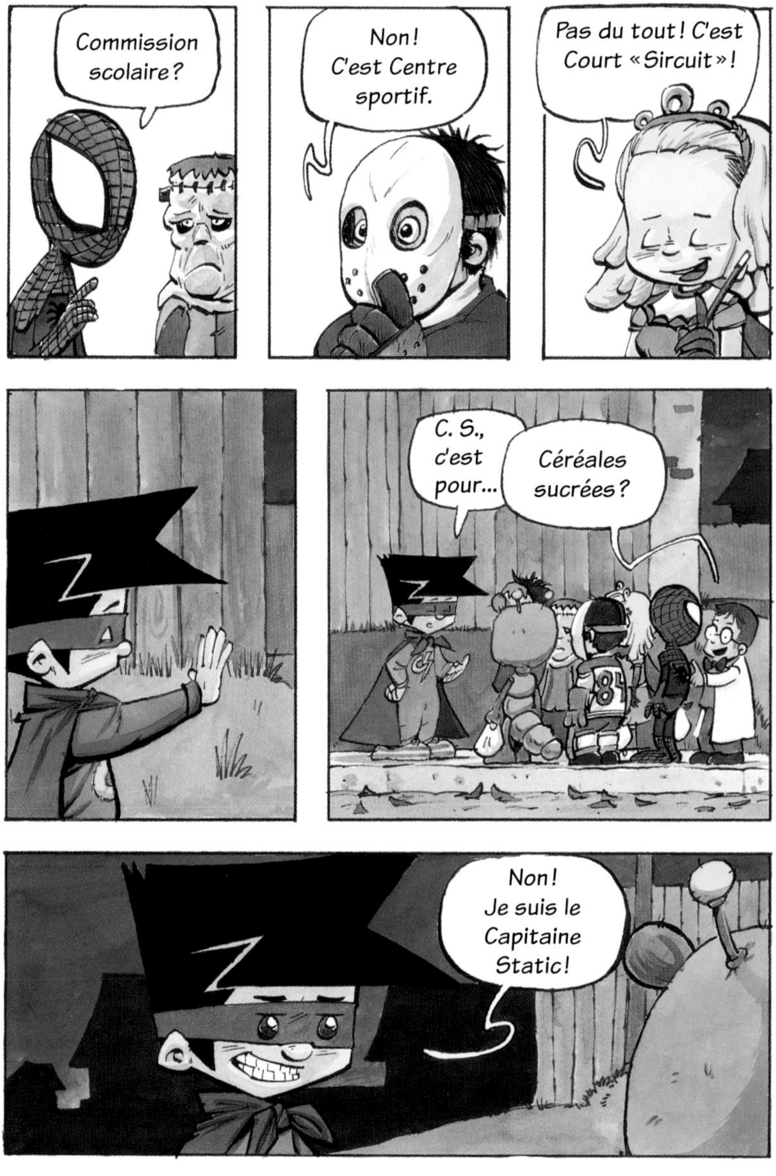
Commission scolaire?
Non! C'est Centre sportif.
Pas du tout! C'est Court «Sircuit»!
C. S., c'est pour...
Céréales sucrées?
Non! Je suis le Capitaine Static!

Chapitre 2

Puisque j'étais devenu un héros à la personnalité magnétique, quel exploit allais-je réaliser ce jour-là?

D'abord, je devais m'assurer d'une chose… Étais-je toujours «chargé»? Parce que, emmagasiner de l'électricité statique, tous en conviendront, ce n'est pas un phénomène courant.

J'ai fait un test… sur ma sœur, assise devant moi au petit-déjeuner. Avec discrétion, j'ai pointé l'index vers elle, mais sous la table de cuisine. Elle était tellement endormie, le nez presque dans son bol de céréales préférées, des Alpha-Bits, car elle adorait la lecture, qu'un tout petit *TIC!* la réveillerait sûrement.

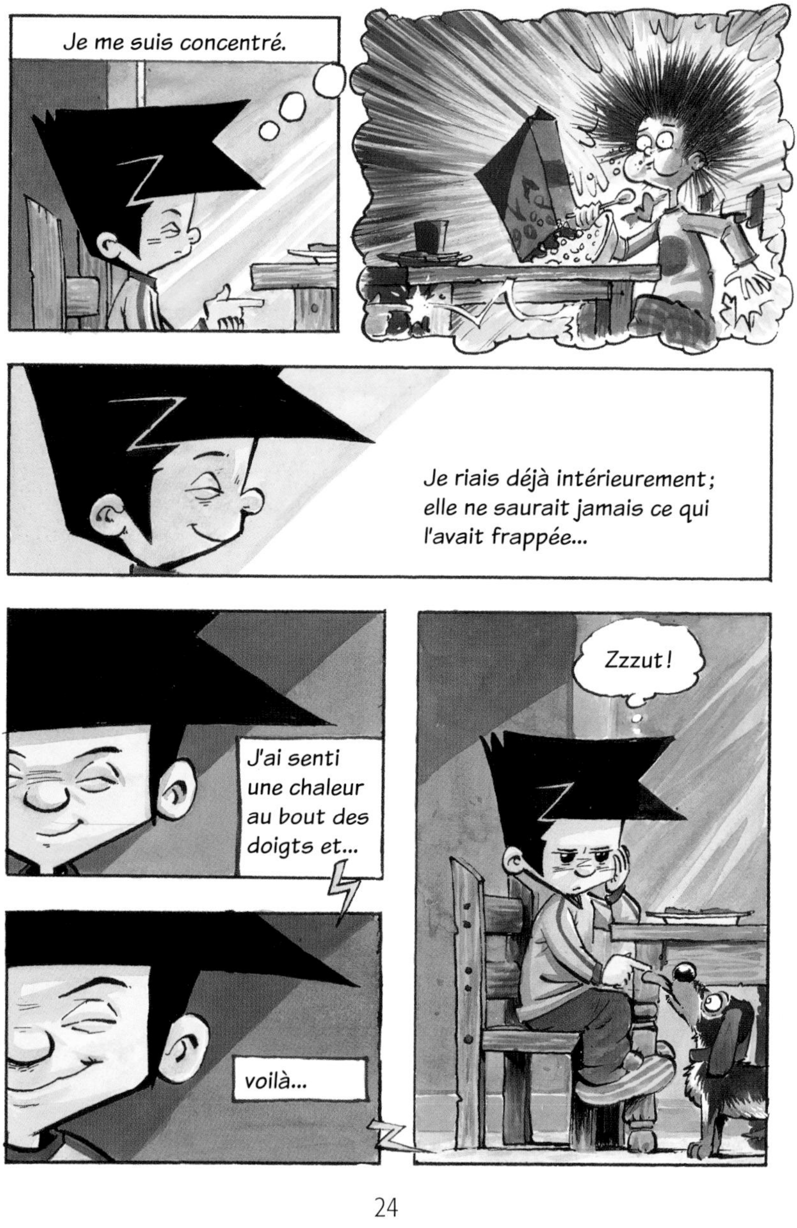
Je me suis concentré.
Je riais déjà intérieurement; elle ne saurait jamais ce qui l'avait frappée...
J'ai senti une chaleur au bout des doigts et...
voilà...
Zzzut!

C'était mon stupide chien qui me léchait l'index. Mon expérience était ratée.

Je me sentais comme une pile rechargeable, à plat. Comment retrouver mon énergie? Je ne pouvais tout de même pas me brancher à une prise de courant! Je risquais l'électrocution.

Puis, l'évidence m'a sauté au nez... dans les pieds, en fait: les pantoufles de mémé! Je n'aurais qu'à les frotter l'une contre l'autre et... *TIC!* Revoilà le Capitaine Static!

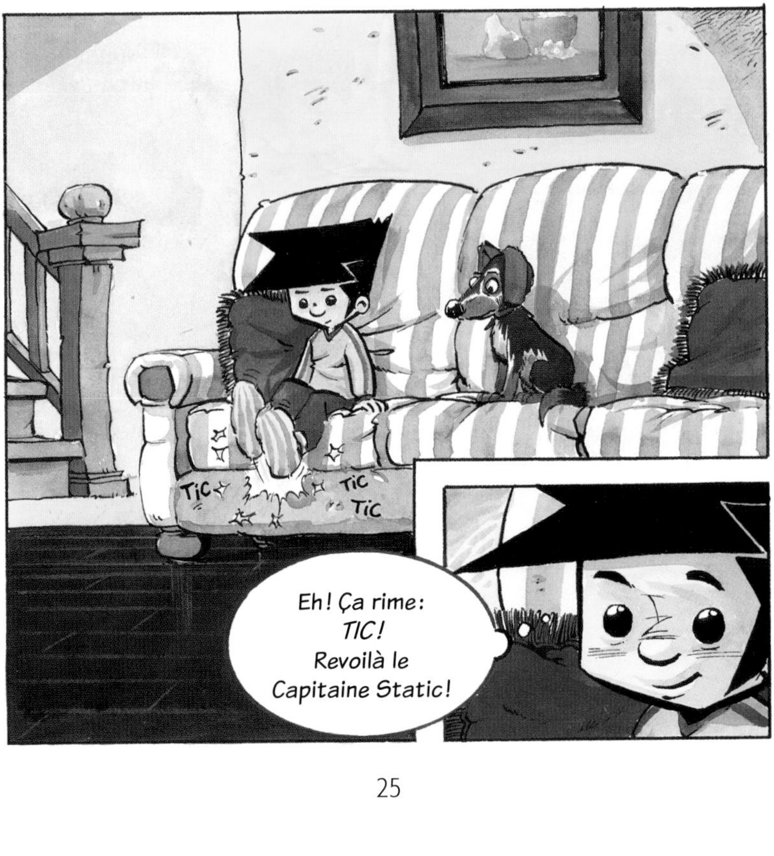
TIC
TIC
TIC
Eh! Ça rime: *TIC!* Revoilà le Capitaine Static!

Chemin faisant vers l'école, j'ai croisé Newton III. C'était le chat de madame Ruel.

Il a remporté plusieurs prix à des concours de beauté pour chats.

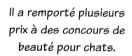

BONJOUR, NEWTON!

RRRR

Il était très affectueux et aimait se faire caresser, même si madame Ruel détestait quand on le touchait.

J'ai satisfait ses désirs.

Et je l'ai flatté, et flatté, et flatté encore.

Et il a ronronné, et ronronné, et ronronné encore.

RRRRRR

J'ai ressenti une chaleur dans ma main, puis des picotements au bout des doigts et...

TIC

Je n'ai pas pu retirer ma main à temps.

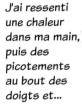

Pauvre madame Ruel.

Elle ne reconnaîtrait pas son Newton III.

MiiAoW...

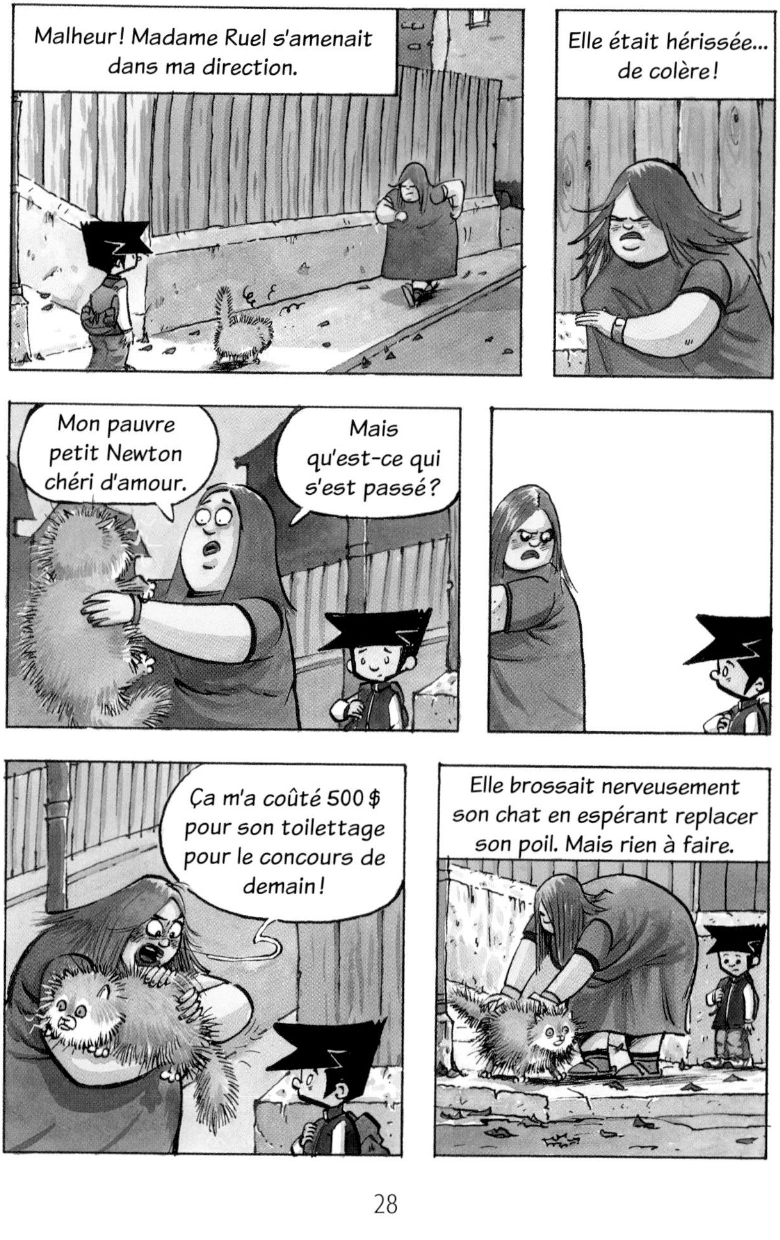
Malheur! Madame Ruel s'amenait dans ma direction.
Elle était hérissée... de colère!
Mon pauvre petit Newton chéri d'amour.
Mais qu'est-ce qui s'est passé?
Ça m'a coûté 500 $ pour son toilettage pour le concours de demain!
Elle brossait nerveusement son chat en espérant replacer son poil. Mais rien à faire.

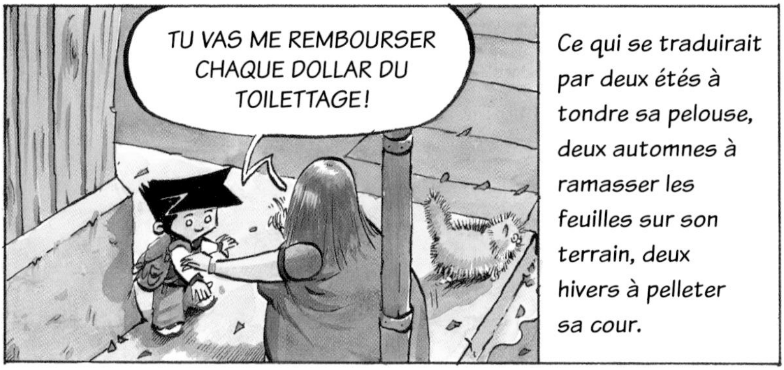
TU VAS ME REMBOURSER CHAQUE DOLLAR DU TOILETTAGE!
Ce qui se traduirait par deux étés à tondre sa pelouse, deux automnes à ramasser les feuilles sur son terrain, deux hivers à pelleter sa cour.

Elle ne s'est pas rendue jusqu'au printemps. Je ne répliquais absolument rien. Peut-être pensait-elle me terroriser, mais j'étais trop amusé par ce que je voyais. Parce que si elle avait la mèche plutôt courte, elle avait aussi les cheveux très secs… Des conditions idéales pour l'entrée en scène du Capitaine Static. Il y avait de l'électricité dans l'air!

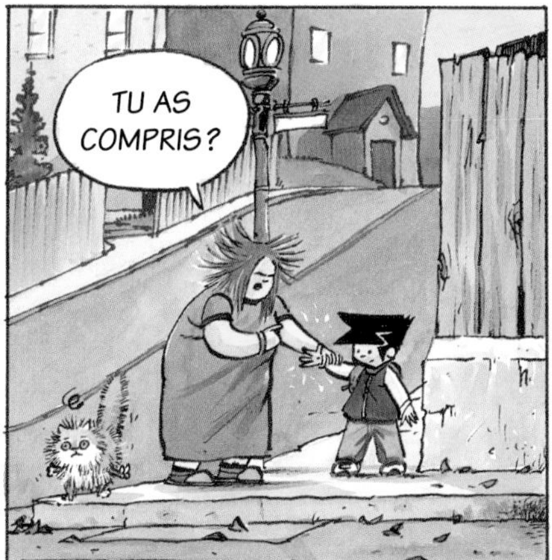
TU AS COMPRIS?

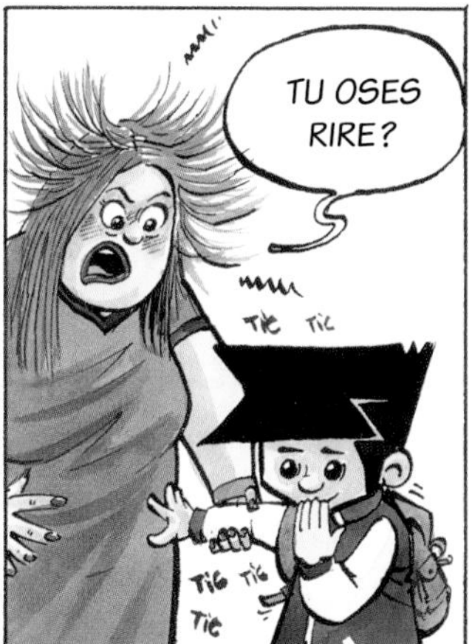
TU OSES RIRE?

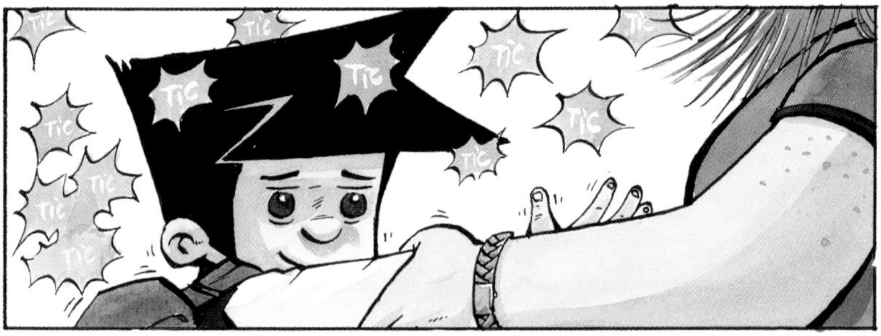
TIC

J'entendais plein de petits *TIC!* autour de nous. Les mains sur mes bras, madame Ruel n'avait pas le même point de vue que moi sur la situation.

Lentement, mais sûrement, ses longs cheveux se sont dressés sous l'effet magique et étrange du Capitaine Static.

Et plus ils se dressaient, plus je souriais. Et plus je souriais, plus elle était insultée et plus elle s'agrippait à mes bras. Et plus elle s'agrippait à mes bras, plus ses cheveux montaient haut.

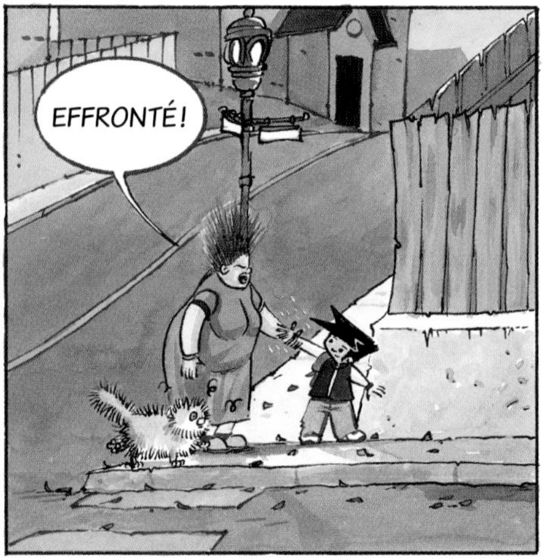
EFFRONTÉ!

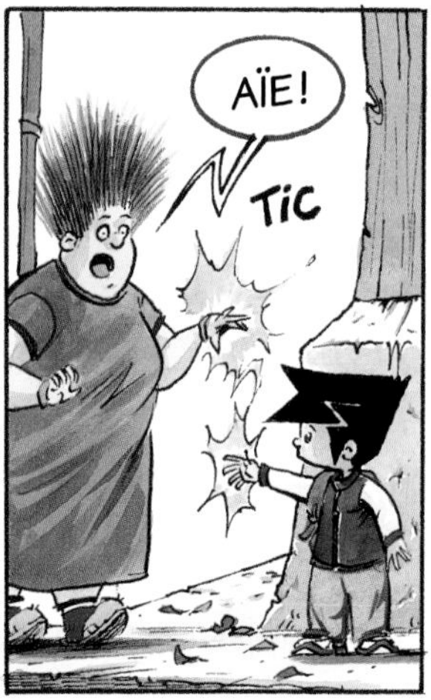
AÏE!
TIC

Madame Ruel a reçu un petit choc lorsqu'elle a enlevé ses mains. Elle s'est emparée de son chat et s'est éloignée d'un pas rapide et sec, en sifflant sa rage. Sur son passage, les gens s'arrêtaient ou se retournaient et s'esclaffaient.

Et moi, j'étais encore… survolté !

Chapitre 3

En arrivant dans la cour d'école, j'ai été presque assailli par mes admirateurs. La nouvelle de mon acte héroïque de la veille avait fait le tour du quartier.

HAAA! TE VOILÀ!
Tu es mon héros, Capitaine Static!

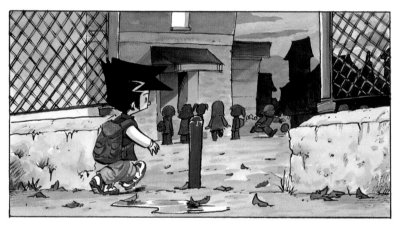

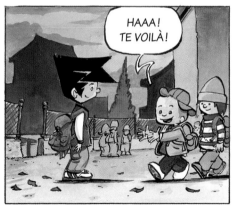

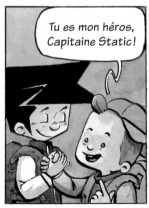

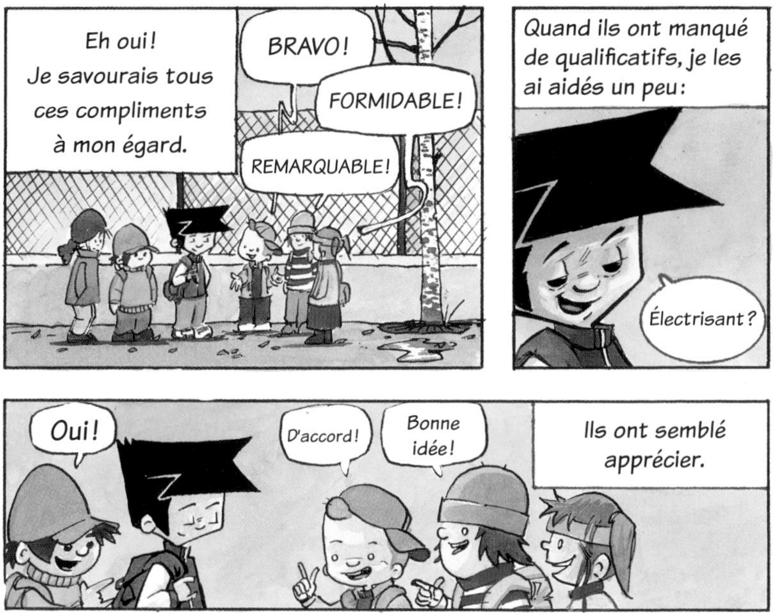
Eh oui!
Je savourais tous
ces compliments
à mon égard.
BRAVO!
FORMIDABLE!
REMARQUABLE!
Quand ils ont manqué
de qualificatifs, je les
ai aidés un peu:
Électrisant?
Oui!
D'accord!
Bonne
idée!
Ils ont semblé
apprécier.

Dommage, je n'avais pas de crayon pour signer des autographes.

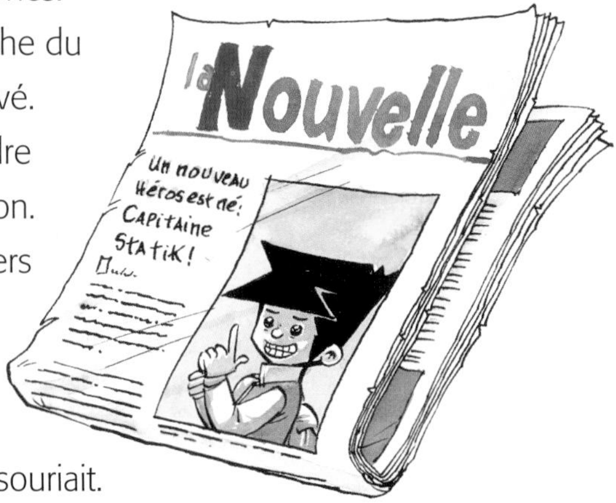
la Nouvelle
Un nouveau
Héros est né:
CApitAine
StAtiK!

Même un photographe du journal de la ville est arrivé. Lui aussi avait dû entendre parler de ma bonne action. La pensée que des milliers de lecteurs admireraient ma photographie sur la page couverture avec mon nom de héros me souriait.

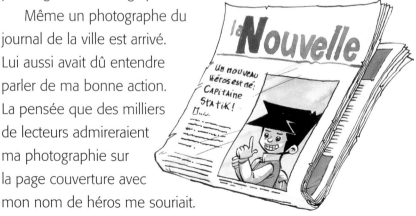

Il faudrait toutefois que je lui précise que Static ne prend pas un *k* mais bien un *c*:

«Un nouveau héros est né: Capitaine Static!»

Voilà, ce serait beaucoup mieux ainsi.

Mon professeur Patrice est venu nous rejoindre.

Le vide s'est fait soudain autour de moi. Je me retrouvais au centre d'une grande ronde. Mais qu'est-ce qui se passait? On allait chanter un hymne à mon courage? me remettre une plaque-souvenir rappelant mon geste? me décerner la médaille du Gouverneur général? la Légion d'honneur? Je n'avais pas préparé de discours de circonstance, moi.

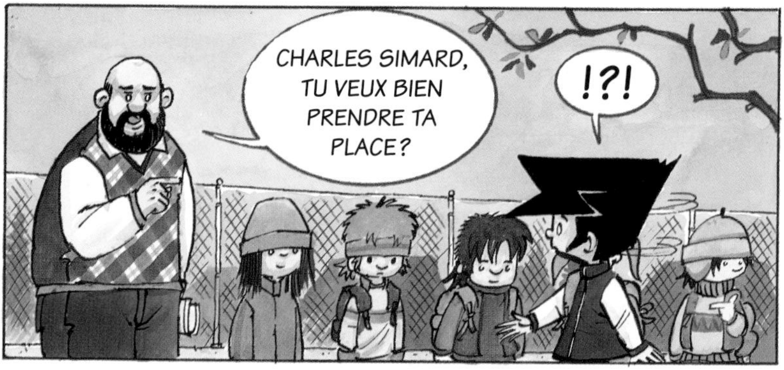
CHARLES SIMARD, TU VEUX BIEN PRENDRE TA PLACE?
!?!

Ma place... dans une ronde?

Et puis, tout m'est apparu plus clair... Que j'étais bête! Le rassemblement n'avait pas pour but de célébrer le héros du jour, mais de faire une ronde de la paix. Le photographe s'était déplacé pour prendre une photo non pas de ma personne mais de tout le groupe.

Je me sentais d'un ridicule! J'avais l'air aussi utile que le trou dans un beigne... Me traînant les pieds, je suis entré dans la ronde. J'ai voulu me placer à côté de Pénélope, la grande sœur de Fred, la limace verte, et la plus belle fille de ma classe. Dans mon énervement, je n'arrivais pas à la retrouver. J'ai dû me résoudre à prendre la main de deux... garçons.

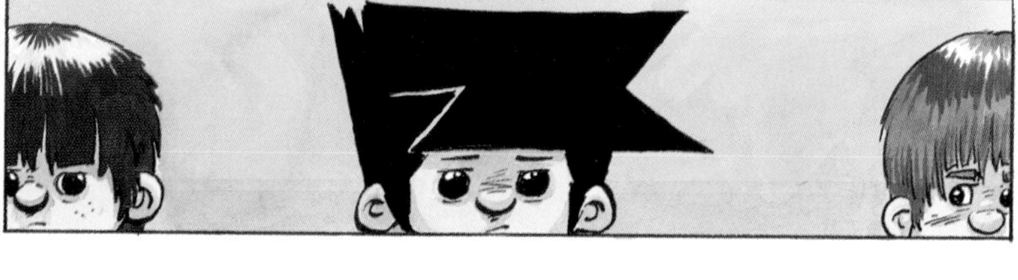

La paix! La paix!
Nous voulons la paix!
La paix! La paix!
Nous voulons la paix!

Nous avions composé les paroles de la chanson en groupe. Ça nous avait pris une journée complète pour l'écrire.

Les voisins, en face de l'école, sortis de leur maison, ont commencé à hurler qu'ils travaillaient la nuit, qu'ils voulaient dormir… La paix, quoi!

Dans mes mains, tenues fermement par Jérôme et Gabriel, j'ai senti un picotement. Non… Pas maintenant…

Je devais briser la ronde sinon…

Trop tard... Je n'avais pas trouvé l'interrupteur !

Le photographe, qui attendait l'inspiration pour déclencher son appareil, s'est exécuté sur-le-champ.

CLIC
CLIC
CLIC

Ça ressemblait étrangement à mes TIC !

CLIC TIC CLIC
TIC
CLIC TIC

À quelques enfants de moi, j'ai aperçu Pénélope avec le photographe devant elle. Il captait son joli minois. La coquette Pénélope affichait son plus beau sourire. Puis, elle a constaté ce qui se passait autour d'elle. Elle a réalisé, soudain, que sa photo paraîtrait dans le journal de la ville. De quoi faire dresser les cheveux sur sa tête. Mais ça, c'était déjà fait…

Elle a crié tandis que les autres éclataient de rire devant la scène grotesque. Les mains se sont lâchées et…

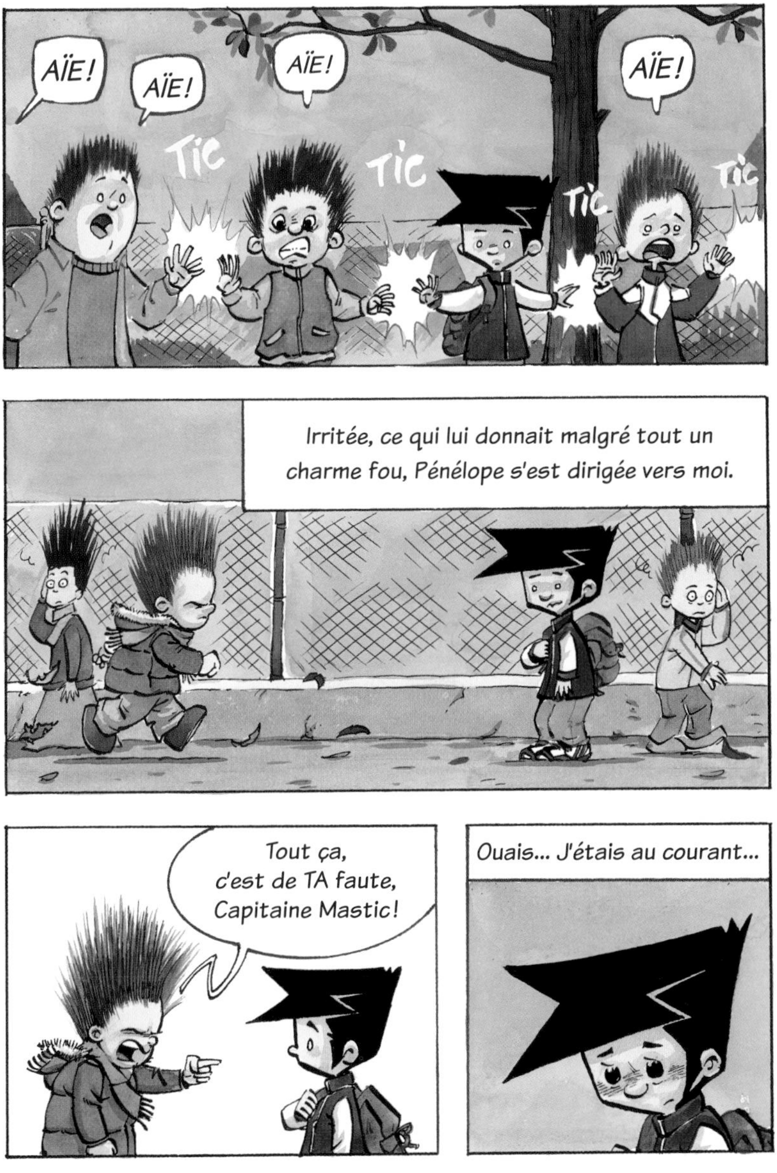
AÏE!
AÏE!
AÏE!
AÏE!
TIC
TIC
TIC
TIC
Irritée, ce qui lui donnait malgré tout un charme fou, Pénélope s'est dirigée vers moi.
Tout ça, c'est de TA faute, Capitaine Mastic!
Ouais... J'étais au courant...

Chapitre 4

Dans la savane, quand les lionnes attaquent un troupeau de buffles, elles peuvent détecter les plus faibles, les plus vulnérables, les plus malades. C'est la sélection naturelle. À l'école, c'est pareil. Gros Joe et sa bande ont cet instinct du fauve en chasse.

Fred la limace verte représentait la cible idéale. Il était faible, vulnérable et particulièrement petit, à défaut d'être malade...

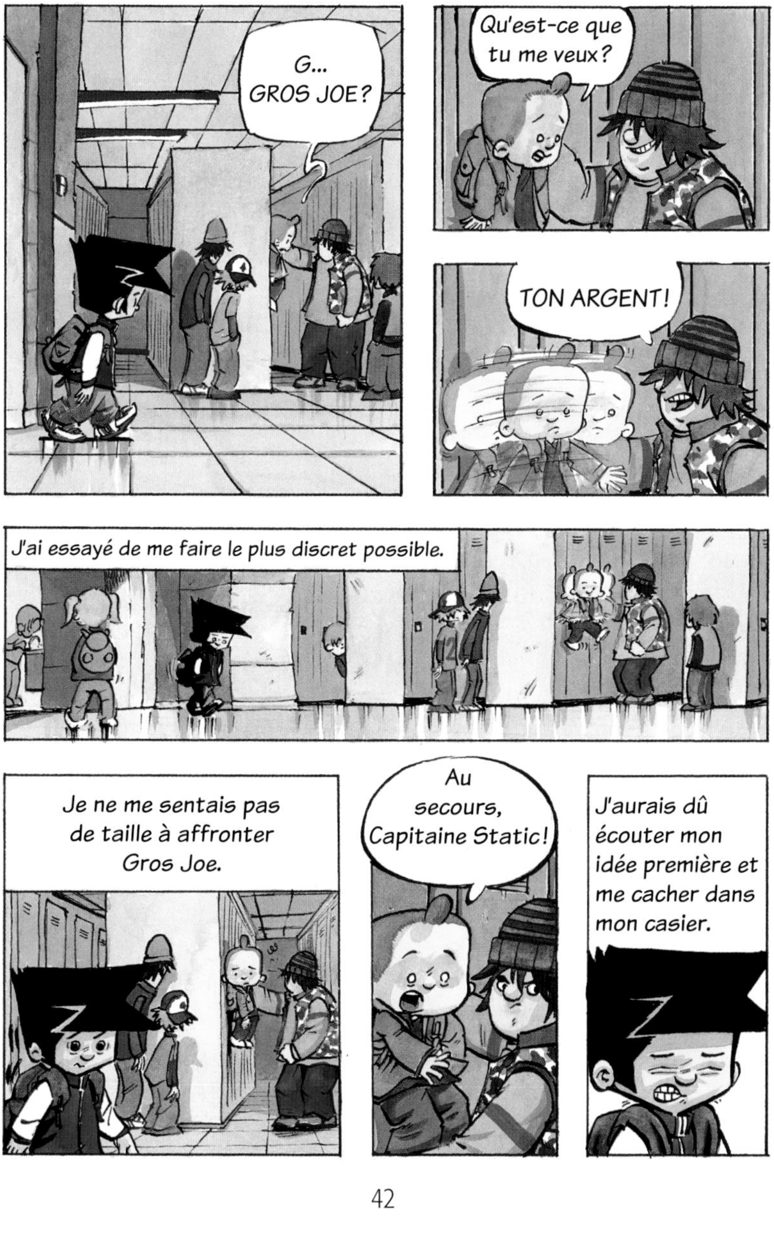
G...
GROS JOE?
Qu'est-ce que tu me veux?
TON ARGENT!
J'ai essayé de me faire le plus discret possible.
Je ne me sentais pas de taille à affronter Gros Joe.
Au secours, Capitaine Static!
J'aurais dû écouter mon idée première et me cacher dans mon casier.

Dès qu'il m'a reconnu, Gros Joe a reculé d'un pas, surpris, mais pas assez effrayé à mon goût. Je ne pouvais plus me défiler. Bon. Impossible de demeurer dans les parages sans bouger le petit doigt. Il fallait profiter de l'effet de surprise.

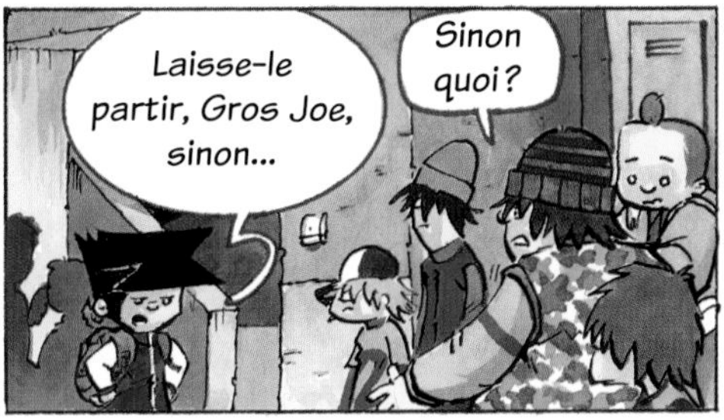

Laisse-le partir, Gros Joe, sinon...
Sinon quoi ?

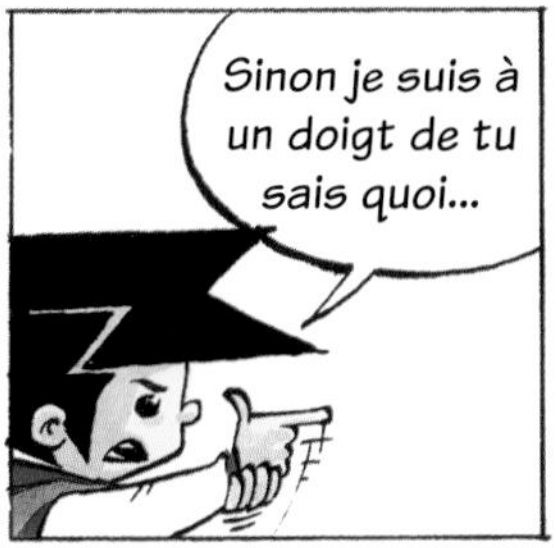

Sinon je suis à un doigt de tu sais quoi...

Un attroupement s'est formé autour de nous. La tension était terrible. Une étincelle suffirait pour mettre le feu aux poudres. Gros Joe ne voulait pas perdre la face. Il a choisi de m'affronter.

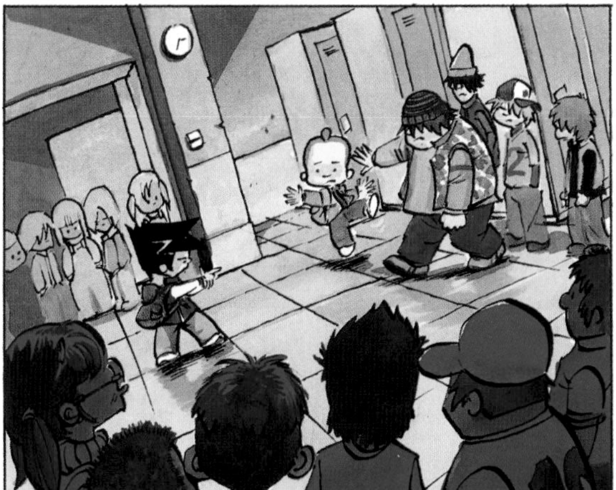

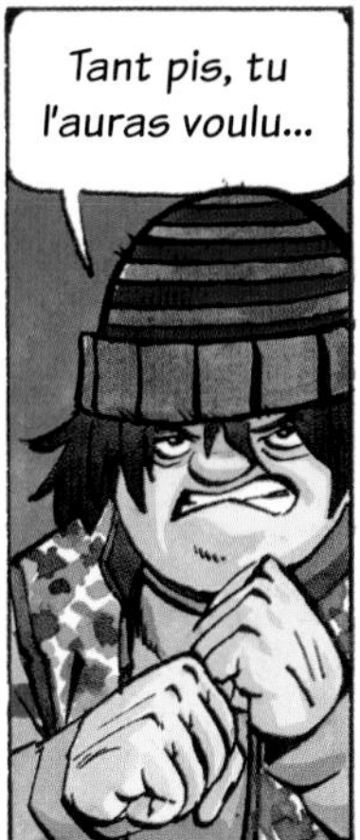

Tant pis, tu l'auras voulu...

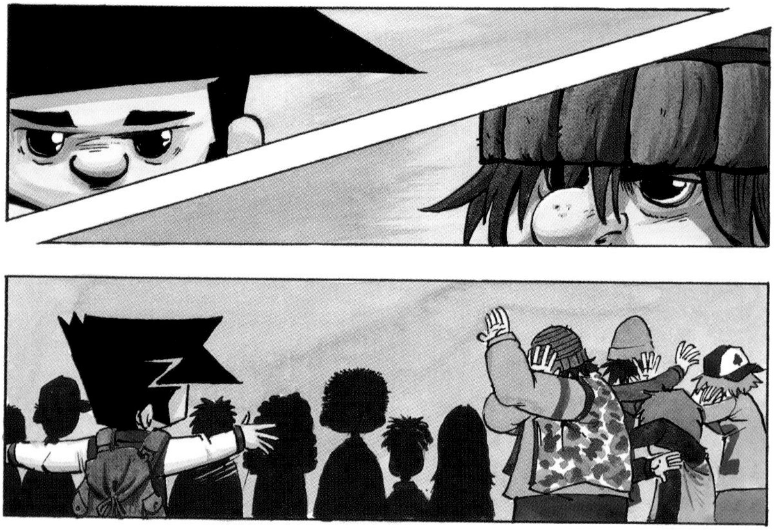

Rien ne s'est produit. Aucun picotement. Aucune chaleur. Pas la moindre étincelle et surtout pas un petit *TIC !*

Vide… Comme le barillet d'un revolver quand on appuie inutilement sur la détente…

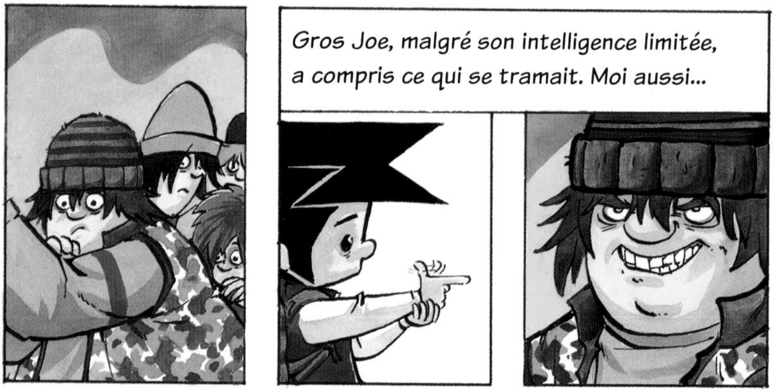
Gros Joe, malgré son intelligence limitée, a compris ce qui se tramait. Moi aussi...

Je devais bluffer...
Je t'aurai prévenu, Gros Joe... Un pas de plus et...
Et...?
Tic!!
???

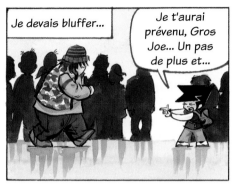

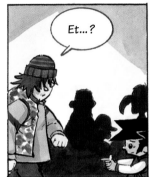

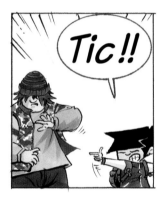

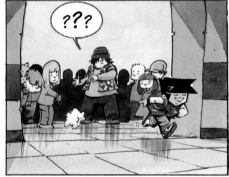

Je devais réfléchir plus vite que je ne courais. Dans mon champ de vision, passaient une horloge, des pupitres, des ballons gonflés, des chaises, des…

Des ballons gonflés !

Je suis revenu sur mes pas. Tel un joueur de hockey, j'ai virevolté dans une feinte magistrale vers la gauche pour me lancer du côté droit. J'ai trompé mes adversaires qui n'ont pu freiner à temps leur course. J'ai foncé dans le couloir et j'ai agrippé un ballon rouge au bout d'une ficelle.

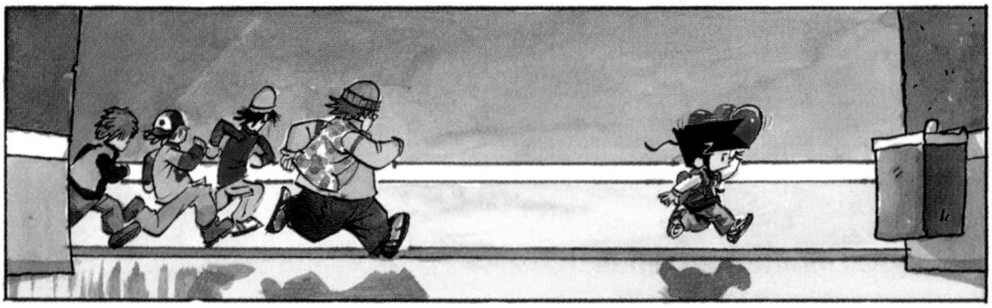

Le ballon, gonflé pour la ronde de la paix, était ma planche de salut dans cette guerre à finir avec l'ennemi. Tout en courant, je l'ai frotté vigoureusement sur mes cheveux.

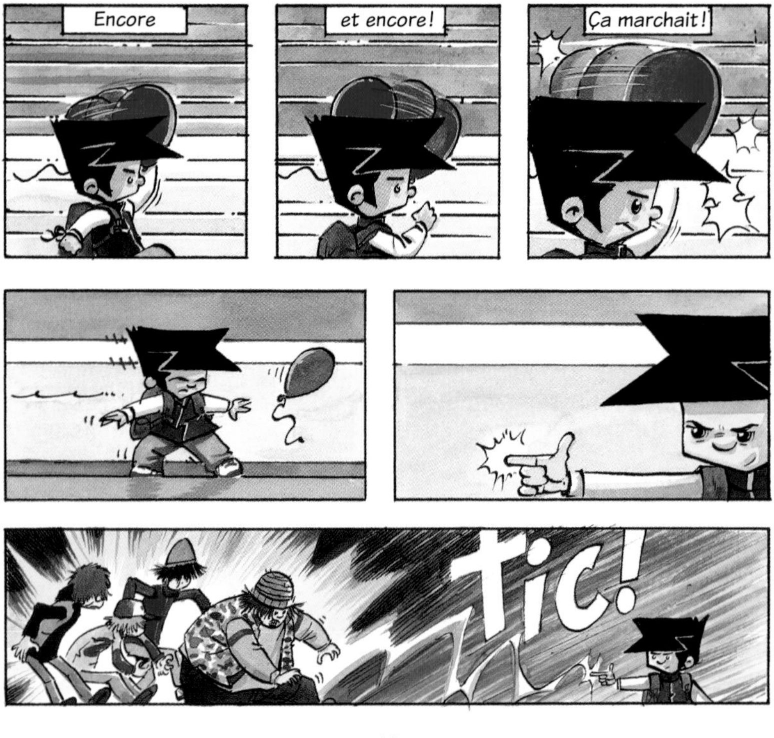
Encore
et encore!
Ça marchait!
tic!

Mais la charge n'était pas très puissante. Elle a décuplé leur fureur. Remis sur pied, ils ont repris leur poursuite et moi, ma fuite. Comment allais-je m'en sortir? La salle de détente des profs! Là où Patrice se rendait pour piquer un roupillon à l'heure du midi.

Alors que des coups ébranlaient la porte, j'ai enfilé mes pantoufles et je me suis traîné frénétiquement les pieds sur le tapis du local.

BLAM
BLAM
BLAM
BLAM
BLAM

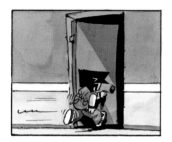

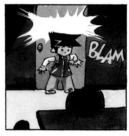

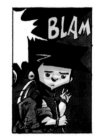

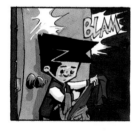

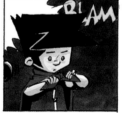

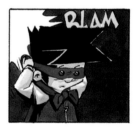

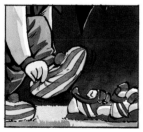

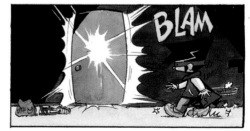

Le tapis avait été installé dans la pièce pour étouffer les sons et offrir un meilleur repos aux professeurs, qui en avaient bien besoin, parfois.

J'ai utilisé le tapis à mon avantage.

Plus vite ! Plus vite !

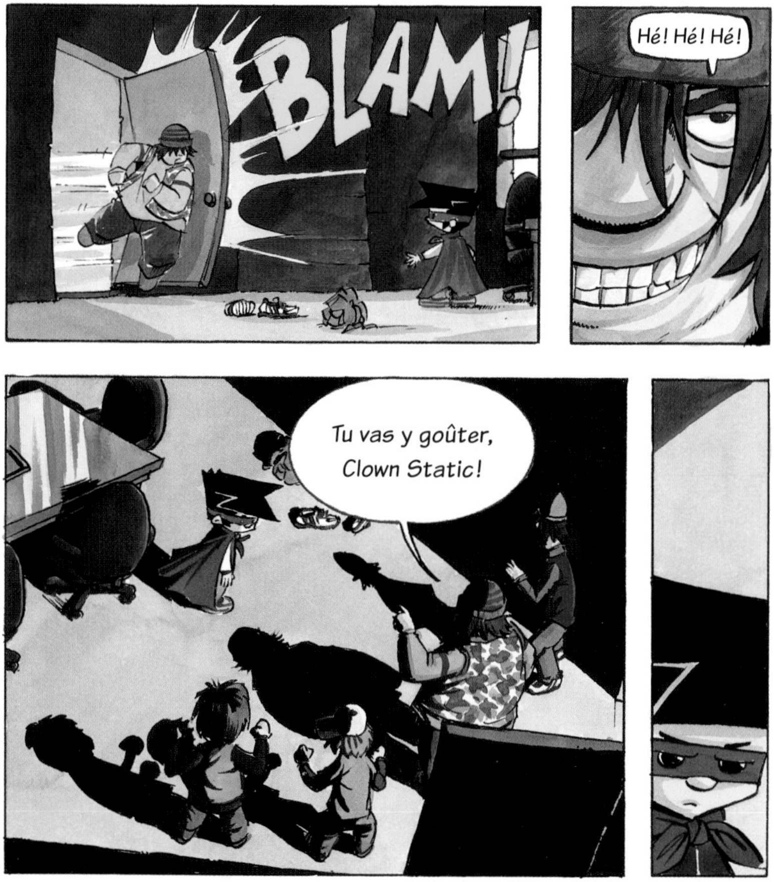
BLAM!
Hé! Hé! Hé!
Tu vas y goûter, Clown Static!

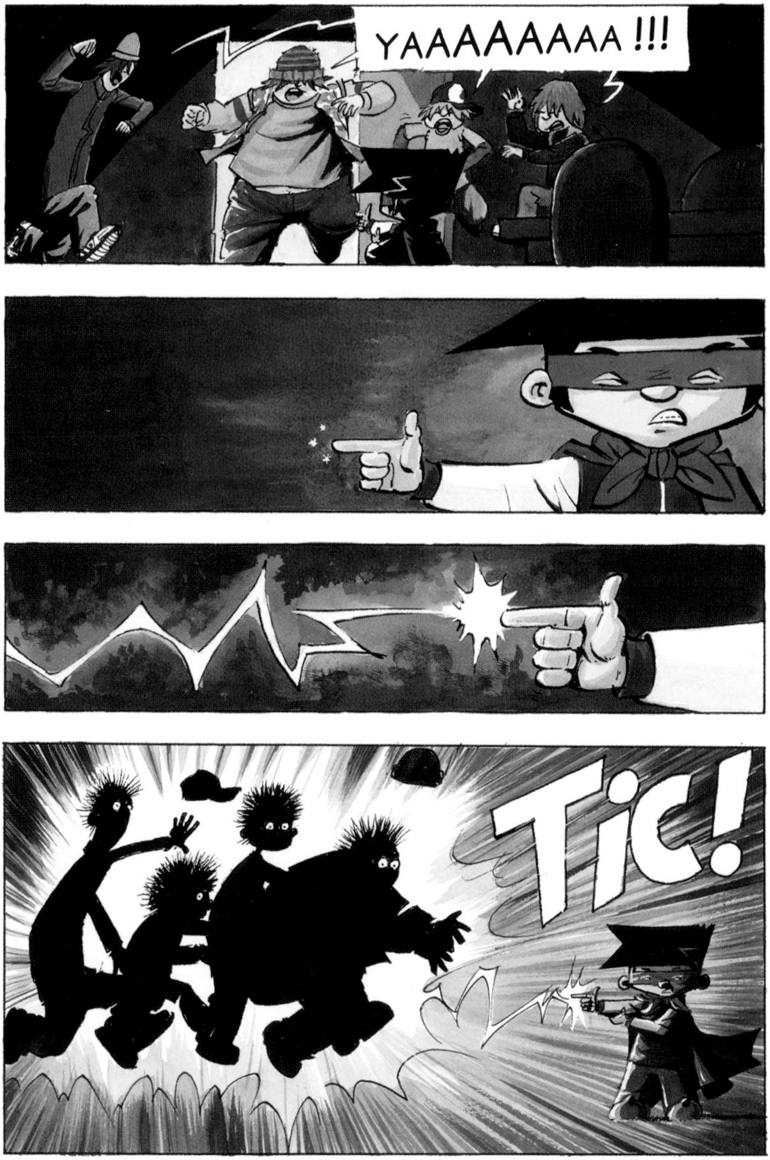
YAAAAAAAA !!!
TIC!

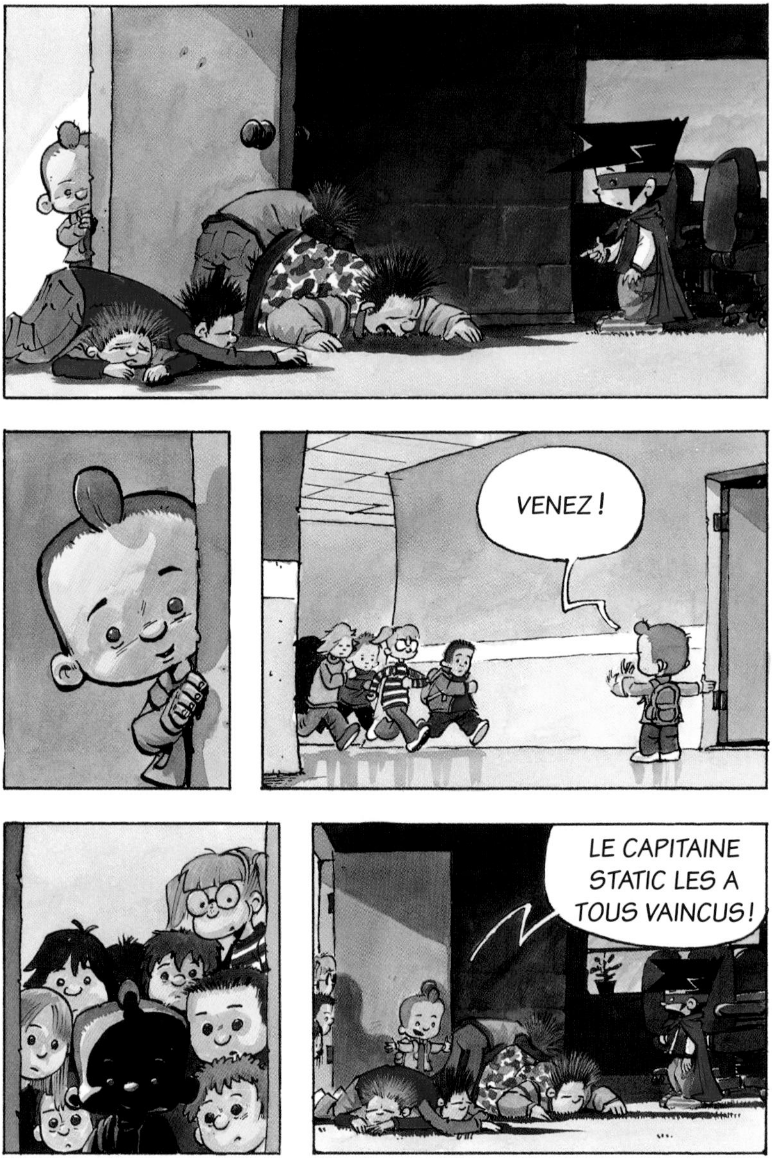
VENEZ !
LE CAPITAINE STATIC LES A TOUS VAINCUS !

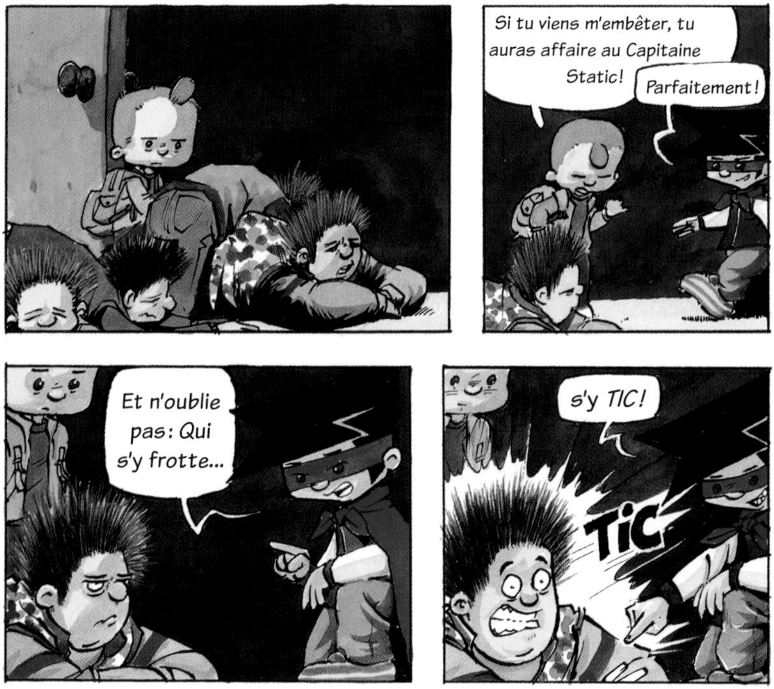
Si tu viens m'embêter, tu auras affaire au Capitaine Static!
Parfaitement!
Et n'oublie pas: Qui s'y frotte...
s'y TIC!
TIC

Ce sera ma devise.

Pénélope, à qui on avait résumé la situation, est venue à ma rencontre. Elle n'était plus fâchée comme dans la cour de récréation tout à l'heure.

Hum... J'aimais bien la façon dont elle me regardait...

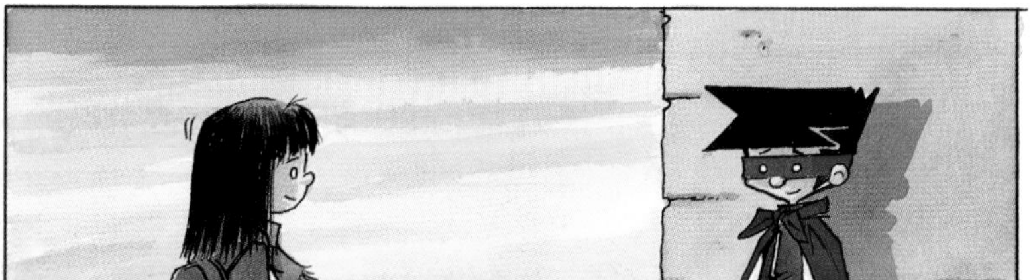

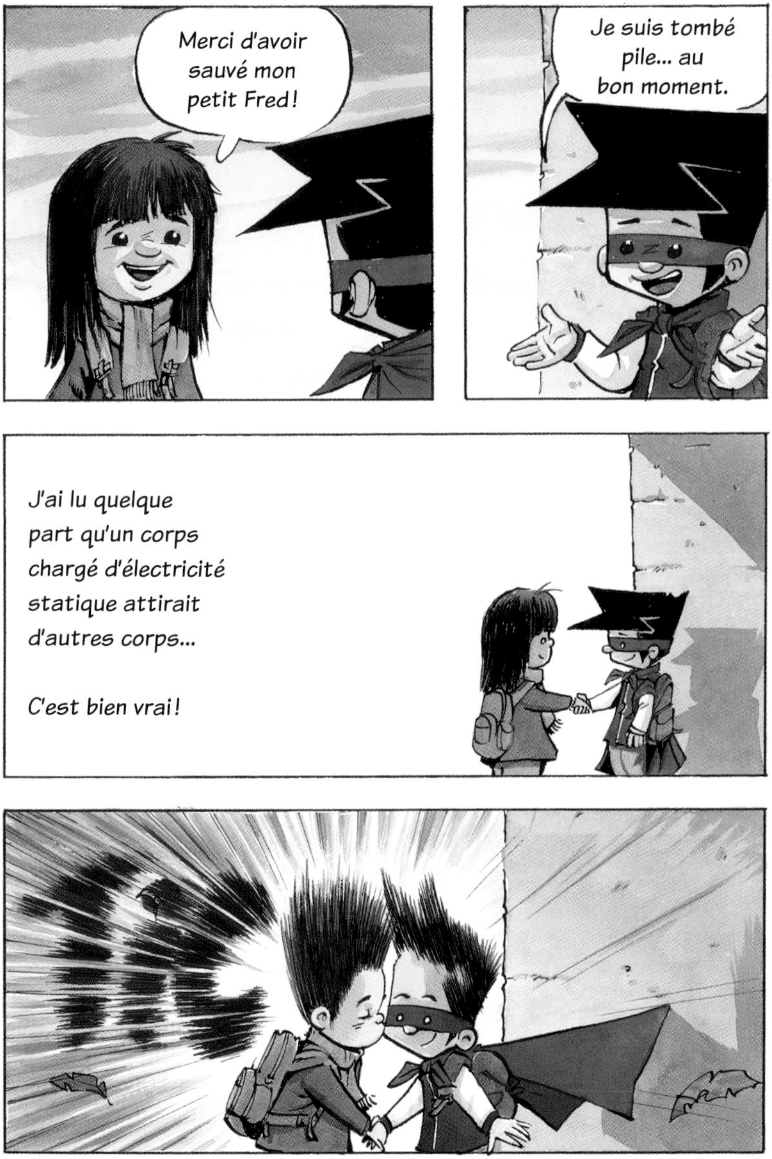
Merci d'avoir sauvé mon petit Fred!
Je suis tombé pile... au bon moment.
J'ai lu quelque part qu'un corps chargé d'électricité statique attirait d'autres corps...
C'est bien vrai!

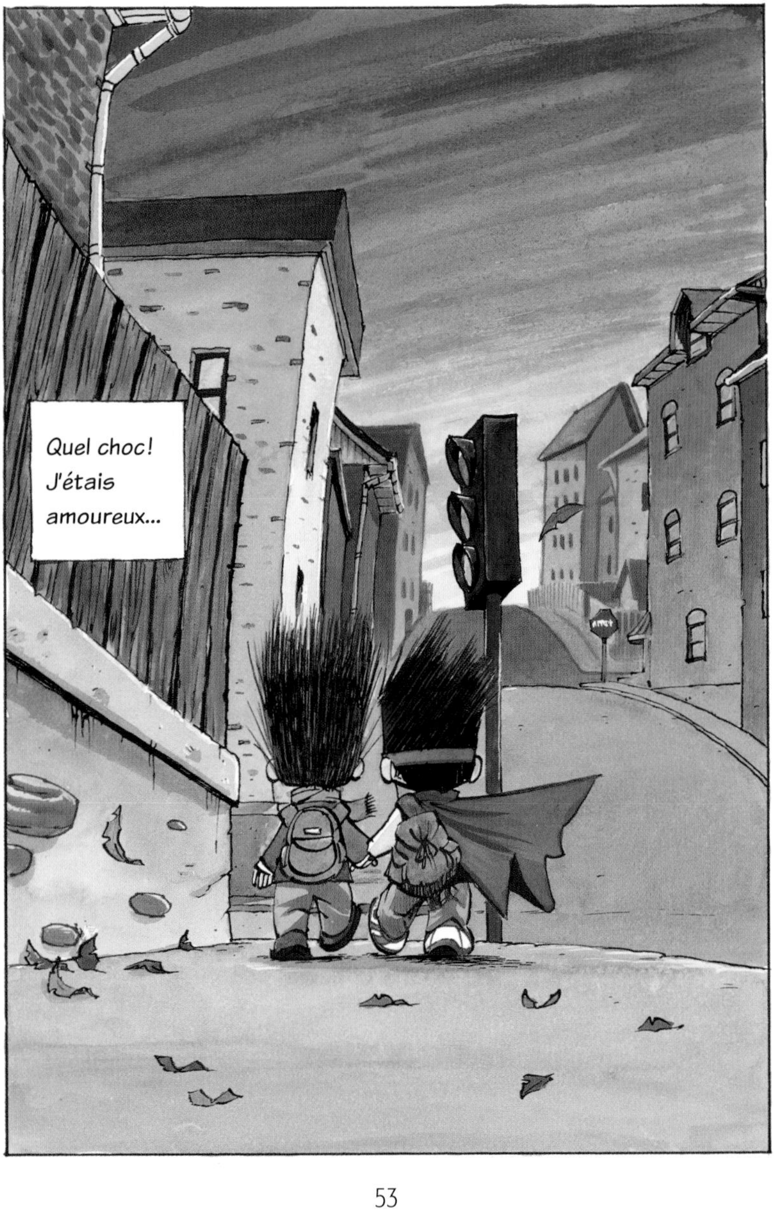
Quel choc!
J'étais
amoureux...

Alain M. Bergeron et Sampar
CAPITAINE STATIC
L'IMPOSTEUR
L'ÉTRANGE MISS FLISSY
LE MAÎTRE DES ZIONS
LA BANDE DES TROIS
MYSTÈRE ET BOULE DE GOMME!
LA MAISON HANTÉE
Québec Amérique

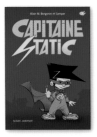

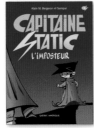

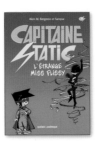

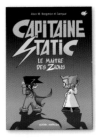

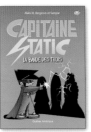

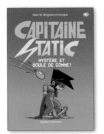

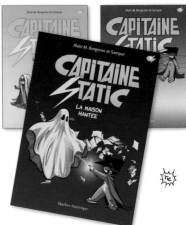

Série Capitaine Static

Grâce à ses pouvoirs, Charles Simard n'est pas un garçon comme les autres… mais un héros fantas…Tic! Soyez-en avertis, qui s'y frotte, s'y Tic ! Telle est la devise du Capitaine Static, la vedette d'une bande dessinée électrique!

Alain M. Bergeron

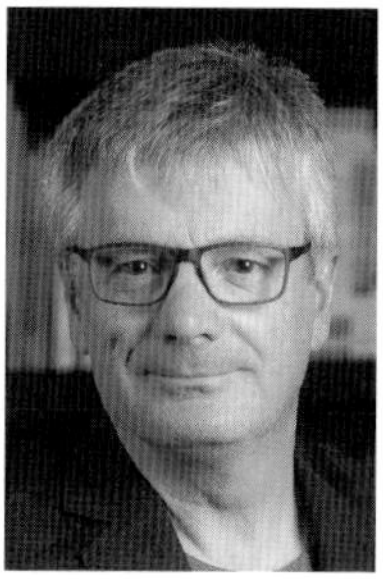

Photo : © Martin Morissette

Anciennement journaliste, Alain M. Bergeron se consacre dorénavant à l'écriture. C'est pour laisser un peu de lui à ses enfants qu'il s'est tourné vers la littérature jeunesse, mais aussi et surtout parce qu'il aime raconter des histoires. Être lu par des jeunes est l'une de ses plus grandes joies. Tant mieux, puisque les enfants élisent régulièrement ses livres comme leurs préférés ! À ce jour, il a publié plus de 250 livres chez une douzaine d'éditeurs. Avec la série *Capitaine Static*, Alain M. Bergeron et son acolyte, l'illustrateur Sampar, réalisent un rêve d'enfance : créer leur propre bande dessinée.

Sampar

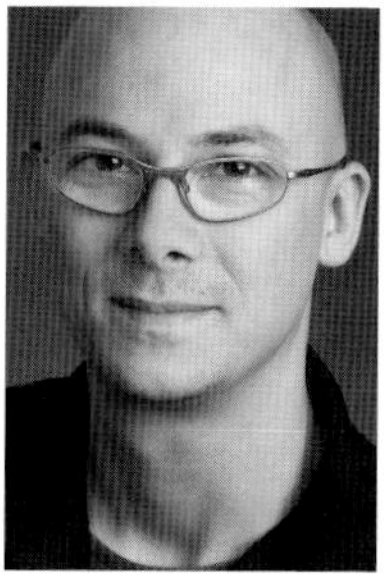

Photo : © Martine Doyon

Illustrateur complice d'Alain M. Bergeron, Samuel Parent – alias Sampar – est celui qui a donné au *Capitaine Static* sa frimousse sympathique. Dès la sortie du premier album, cette bande dessinée originale a obtenu un succès éclatant, tant auprès du jeune public que des professionnels de la BD. Les illustrations humoristiques du petit héros attachant et de sa bande y sont certainement pour quelque chose… En duo, Alain M. Bergeron et Sampar cosignent plusieurs séries, notamment les livres de la série *Billy Stuart* et ceux de la collection *Savais-tu ?* chez Michel Quintin.

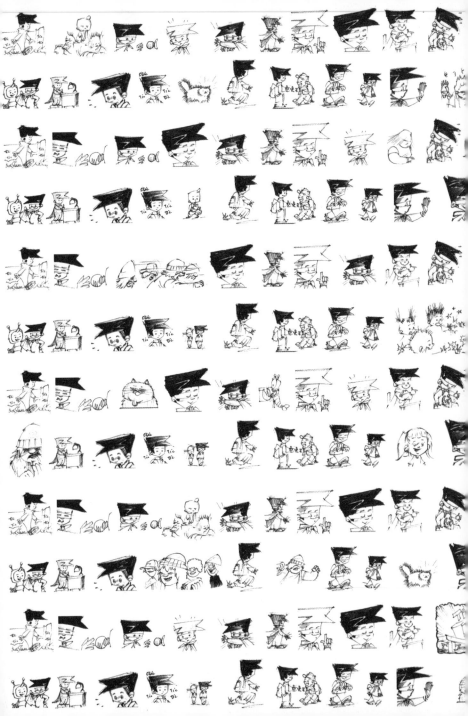